ELENA
FERRANTE

被遗弃的日子

I Giorni
Dell'abbandono

「意」埃莱娜·费兰特 著
陈英 译

人民文学出版社

ELENA
FERRANTE

著作权合同登记号　图字 01-2023-0603

图书在版编目(CIP)数据

被遗弃的日子/(意) 埃莱娜·费兰特著;陈英译
.—北京：人民文学出版社，2023
(埃莱娜·费兰特作品系列)
ISBN 978-7-02-017968-8

Ⅰ.①被…　Ⅱ.①埃…　②陈…　Ⅲ.①长篇小说-意大利-现代　Ⅳ.①I546.45

中国国家版本馆 CIP 数据核字(2023)第 073966 号

责任编辑　朱卫净　潘爱娟　邰莉莉
封面设计　ablackcat.io

出版发行　人民文学出版社
社　　址　北京市朝内大街 166 号
邮　　编　100705

印　　刷　凸版艺彩(东莞)印刷有限公司
经　　销　全国新华书店等

字　　数　104 千字
开　　本　889 毫米×1194 毫米　1/32
印　　张　7.75
版　　次　2023 年 6 月北京第 1 版
印　　次　2023 年 6 月第 1 次印刷

书　　号　978-7-02-017968-8
定　　价　59.00 元

如有印装质量问题，请与本社图书销售中心调换。电话:010-65233595

1

四月的一个下午，吃完午饭后，我丈夫告诉我，他要离开我。他说这话时，我们正在收拾桌子上的餐具，两个孩子像往常一样，在房间里吵架，狗在暖气片边睡觉，在梦中哼唧。他跟我说，他心里很乱，正在经历一个艰难的时期：因为疲惫、不满，也可能是怯懦。他说了很长时间，说到我们俩长达十五年的婚姻，提到了两个孩子，还有我。他承认，我们都没什么让他不满意的地方。他的态度和往常一样克制，除了右手一个夸张的动作，那时他正做出一副无辜的表情，向我解释说：一些细小的声音、低语，正在把他推向别处。最后他说，这一切都怪他，他小心翼翼地关上了身后的门，把我一个人甩在洗碗池旁边发呆。

我整夜都在反思，一个人躺在大床上，我很难过，不断审视我们之间的关系。最近这段时间，我们从来都没有过任何危机的征兆。我很了解他，我知道他是一个情绪稳定的男人，我们的家，我们日常的家庭生活，对他来说很重要。我们无所不谈，到现在还喜欢腻在一起，拥抱亲吻，有时他特别风趣，会逗得我笑出眼泪，我无法相信他真的要离开。当我想到，他没有带走任何一件他在意的东西，甚至都没有和两个孩子打招呼，我确信他只是一时想不开，没有什么严重的。他正在度过一段危机时刻，就像书里讲的那样，一个人物面对日常的不满，有时会做出过激行为。

这种事情也在他身上发生过：我在床上辗转反侧，想起了之前发生的事情。很多年之前，那时我们在一起才六个月，在吻了我之后，他很快对我说，我们还是不要再见面了。我当时很爱他，听到这句话，感觉心灰意冷。他离开之后，我当时浑身冰凉，我在圣埃莫山的石头防护墙前面站着，看着眼前黯淡的城市、大海。但五天之后，他很尴尬地给我打电话，他给自己找了个理由，他说，当时他忽然间感到一阵空虚，觉得一切都没有意义。他的那句话刻在了我的脑海里，让我琢磨了很久。

在很长时间之后，他又说了同样的话，那差不多是在四五年前。那个阶段，我们和他一个都灵理工大学的女同事来往。那女人名叫吉娜，出身优渥，是个聪明、有文化的女人。那时她刚刚死了丈夫，有个十五岁的女儿。我们刚搬到都灵才几个月，她帮我们在波河边上找了一套很漂亮的房子。刚到都灵，我并不是很喜欢这座城市，感觉到处冷冰冰的。但我很快发现，从家里的阳台可以看到四季变化：秋天，可以看到碧绿的瓦伦蒂诺公园渐渐变黄，变红，在雾霭中，树叶在风中逐渐凋零，漂浮在波河灰色的河水上；春天来了，从河上会吹来凉风，在明媚的阳光中，河边的树枝上会长出新芽。

我很快就融入了都灵，再加上那对母女为了缓解我的不适，做了很多事情，她们帮我熟悉这里的街道，带我去她们最信任的店铺。但她们的这份关切下面，有一种说不清道不明的东西。我觉得毫无疑问，吉娜爱上了马里奥，她总是在卖弄风骚。有时我会公然开他的玩笑说，你女朋友打电话来了。他会回避这个问题，但心里很得意，我们会一起笑起来。同时他和那个女人之间的关系越来越密切了，她每天都会打电话过来。她会让马里奥陪她去某个地方，有时候会说她女儿卡尔拉的一道化学题做不出来，有时让他帮着找一本在市面上买不到的书。

从另一个方面来说，吉娜对我们也很慷慨，她来找我们的时候，总是会给我和两个孩子带些礼物，会把她的汽车借给我，也会经常把她在凯拉斯科镇子附近的房子钥匙给我，让我们去那里度周末。我们总是很高兴地接受，那座度假的房子特别舒服，虽然她们母女随时都可能会出现在那里，打破我们家庭的日常生活习惯。再说了，受人恩惠也需要有所回报，我们就这样被人情束缚了。马里奥逐渐承担起了那女孩监护人的角色，他经常去学校，和她的老师交谈，承担了她死去的父亲的职责。马里奥工作很繁忙，后来还承担起了给她补化学课的责任。那能怎么办呢？刚开始，我防备着那个寡妇，我越来越受不了她挽着我丈夫的胳膊，笑着在他耳边说话。但有一天，一切都变得很明了。我从厨房里看到小卡尔拉上完课后和马里奥告别，她的吻没落在他的脸颊上，而是落在了嘴唇上。我马上明白，我应该担心的不是母亲，而是女儿。那个小姑娘，可能在自己没有意识到的情况下，不知道从什么时候开始，用她错落有致的身体、惶惑的眼神对我丈夫施展魅力。他看着那个女孩，就好像在树荫下看着太阳照射下的一面白墙。

我们为这事儿争吵了，但两个人都很平静。我讨厌高声叫喊，痛恨粗暴的举动。我的原生家庭很吵闹，他们会把情绪都表现出来。我呢，尤其是在青春期阶段，我总是一声不吭，用两只手捂住耳朵，躲在那不勒斯家里的角落里，周围是萨尔瓦多·罗萨街道喧嚣的车声。我身处于吵闹的生活中，感觉可能会因为一句刺耳的话，一个身体不安的动作，所有东西好像忽然会抖出来。我学会了深思熟虑、沉默寡言，动作一直都不慌不忙，我甚至都不会跑着去赶公共汽车。我会尽可能把反应期拉长，在做出回应之前，我会先流露出不安的眼神、忐忑的微笑。我后来从事的工作，让我变得更加克制。我离开了我出生的城市，并下定决心再也不会回到那里，有两年时间，我在罗马一家航空公司受理投诉的部门工作。后来结婚以后，我辞职跟随马里奥在世界各地飘荡，他是个工程师，经常受派遣在外面工作。新的环境，新的生活。为了掌控变化带来的焦虑不安，我习惯于耐心等着每一种情感爆发出来，用平静的声音说出来，我的喉咙一直保持着这种声音，就是为了不让自己失控说出让人羞愧的话。

那种自我要求，对于我们度过那场婚姻危机，起到了决定性作用。我们度过了好几个不眠之夜，充满耐心地小声交流，为了不让两个孩子听到，也为了避免说出无法挽回、让人伤心的话。马里奥含糊其词，就像一个没法说出自己症状的病人。我一直都没法让他说出他有什么感觉，他想要什么，我应该有什么心理准备。最后在一个下午，下班之后他满脸惊恐地回到家里，或者那不是真的害怕，那是我的情绪映射在他身上。事实是，他张嘴想对我说一件事，有那么一刹那，我感觉他想说的变成了另一件事。我觉察到了这一点，我好像看到了，那些话在说出来的过程中发生了变化，但我克制住了自己的好奇心，没有问他放弃说的话是什么。那个糟糕的阶段已经结束了，我已经很满足了。那只是他一时迷惘，忽然觉得一切都没有意义——他用一种特别的语气，向我强调了这一点，那也是他多年前说过的话。那种感觉浮现在他心里，让他不再以通常的方式看待事情，让他无法看到、感觉到一些东西，但现在够了，他已经想清楚了。从那天起，我们不再和吉娜、卡尔拉母女来往，马里奥也不再给卡尔拉上化学课，他又回到了以前的样子。

这就是我们感情生活中一个微不足道的插曲。那天夜里我重新审视着每个细节，被失眠折磨得实在没办法，最后我从床上爬了起来，泡了一杯安神茶。我心想，马里奥就是这样的人，很多年他都很平静，没有一刻钟的迷惘，但忽然间会因为一件微不足道的事而迷失。现在一定是有什么东西搅乱了他的内心，我不应该担心，只需要给他时间，让他恢复过来。我一直都没法入睡，我站在窗前，对着黑漆漆的花园，头靠着冰冷的玻璃，想缓解一下头疼。我听到楼下停车的声音，我动了动身子向楼下望，那不是我丈夫回来了，我看到了住在五楼的那个乐手——卡拉诺。他低着头走在路上，背着乐器盒子，不知道里面装的是什么乐器。当他消失在小广场的树下，我关上灯回到了床上。我想，那只是时间的问题，一切问题都会得到解决。

2

过了一个星期，我丈夫不仅仅坚持他的决定，他还用一种非常明确、不留余地的语气重申了他的决定。

开始，他每天都会回家里，总是在同一个时刻，在下午四点钟左右。他会和两个孩子待一会儿，和詹尼聊天，陪伊拉丽亚玩耍，他们仨有时会带着奥托出去。奥托是我们家的狼狗，性格特别温顺。他们一起去公园里遛狗，让狗去追抛出去的网球和棍子。

我假装在厨房里忙碌，但其实很焦急地等待着马里奥过来找我，告诉我他有什么意图，他有没有想清楚，有没有理出头绪。他迟早都会过来，但他很不情愿，而且在我面前，他看起来越来越不自在。我在无法入睡的夜里，睁着眼睛想出了一个应对的方法：我要用通情达理的语气、温柔的态度，还会夹杂着愉快的话语，营造出家庭生活的舒适场景。马里奥摇了摇头，说我太善良了。我很感动，我会拥抱他，试图去吻他。但他抽身而出，强调说他回来只是为了和我谈谈，想让我明白，我和什么样的人一起生活了十五年。他给我讲了他童年一些残酷的回忆，青春期经历的糟糕体验，刚进入成年阶段的不安折腾。他只是想说自己的坏话，无论我说什么，想让他停止这种自我诋毁，都无法说服他。他用尽一切手段就是想让我觉得，他就是他说的那种人：一个什么都做不好的男人，无法产生真正的感情，很平庸，甚至影响了他的职业。

我很认真地听他说话，心平气和，没有问他任何问题，也没有给他下最后通牒。我只是想尽量说服他，他可以信任我。但我不得不承认，在这种表象之下，我内心一股股涌起的痛苦和怒火让我很害怕。一天夜里，我想起来在我的童年时期那不勒斯一个黑暗、可怕的形象，那是个曾经高大健壮、精力旺盛的女人，她和我们住在同一栋楼里，就在马志尼广场后面。她去买菜时，总是会带着三个年幼的孩子，穿过拥挤的巷子。她拎着各种蔬菜、水果、面包，三个孩子会拽着她的裙子，或扯着装满东西的包，她会用愉快、简洁的话管教几个孩子。如果她看见我在楼道里玩儿，会停下来把大包小包放在台阶上，从口袋里摸出一些糖果来，分给我和一起玩耍的小伙伴，还有她的三个孩子。她看起来虽然辛苦，但很愉快，她身上散发着一种好闻的气味，是新布料的味道。她丈夫是个来自阿布鲁佐的男人，一头红色的头发，绿色的眼睛，是个商业代理，经常开着车子来往于那不勒斯和阿奎拉之间。关于她丈夫，我只记得他特别爱出汗，脸很红，就像得了什么皮肤病。有时候，他会和几个孩子在阳台上玩儿，会用羔皮纸做一些彩色的旗子。他妻子愉快地大喊：快来吃饭吧。他们才会停下来，回屋里去。后来他们的关系出了问题，经常大喊大叫，半夜把我从梦中吵醒，好像有人在锯房子上的石头，像胡同里有锯齿。那是持续时间很长的号叫和哭声，会传到广场那里，一直传到棕榈树长长的、拱形的枝叶间，那些叶子也因为害怕而瑟瑟发抖。那个男人爱上了佩斯卡拉的一个女人，离开了家，没有人再见过他。我们的女邻居每天夜里都在痛哭，我躺在床上，听见她哭得很大声，那是一种痛哭的呻吟，会穿过墙壁，让我很害怕。我母亲在和几个帮工聊起这女人的遭遇，她们一边裁剪布料、缝衣服，一边闲聊。她们说呀说，剪呀剪，缝呀缝。我在她们干活的桌子底下，拿着那些别针、粉笔玩。我嘴里重复着听到的话，那些充满忧伤、让人感到威胁的话：如果连你的男人都留不住的话，那你就失去了一切。那是女人讲述的故事：感情结束了，女人还爱着男人，但她已经彻底失去了那个男人的爱，这种情况下，她就什么也没有了。那个女人失去一切，甚至是名字（也许她叫艾米莉亚），所有人都叫她“弃妇”。我们小孩子在提起她时，也开始这样叫她，那个弃妇在哭，弃妇在叫喊，弃妇在受罪。那个爱出汗，长着红头发和一双邪恶的绿眼睛的男人离开了，她要活不下去了。她手里拿着一块潮湿的手帕，告诉所有人丈夫不要她了，把她从记忆里、从心里彻底抹去了。她用手攥着手帕，诅咒她丈夫。他像吃饱的动物一样，向沃美罗山方向逃走了。那种昭然的痛苦，很快让我很反感，我当时只有八岁，我为她感到羞耻。她不再管几个孩子，身上再也没有好闻的味道。她身体变得干巴巴的，从楼上下来时，动作很僵硬。她也失去浑圆的乳房、腰身和大腿，宽阔的脸庞上那明媚愉快的微笑也没有了。她瘦成了皮包骨头，眼睛深陷在紫黑色的眼眶里，手指像潮湿的蜘蛛网。有一次我母亲感叹说：可怜的弃妇，她已经瘦得像条腌鳀鱼了。从那天开始，我每天都看着她从大门里出去，不再拎买菜的袋子，她步子踉踉跄跄，目光空洞。我想看到她变成一条蓝灰色的鱼，会有什么新特征，我想看到她腿上和手臂上闪烁的盐粒。

正是因为这段记忆，我在马里奥面前，一直表现得通情达理、善解人意。但过了一段时间，面对他那些夸大其词的故事，童年、青少年饱受的痛苦和折磨，我不知道对他说什么了。在大约十天的时间里，我发现他来照顾孩子的次数越来越少，我内心的怨恨越积越多，我后来怀疑他在说谎。我处心积虑，向他展示了一个深情女人的宽容和美德，来应对他任何幽暗的时刻、他的精神危机；我想，他也处心积虑，想让我讨厌他，迫使我说出这句话：“你走吧，你太恶心了，我受不了你了。”

我的怀疑很快变成了确信，他想帮助我接受我们要分开的现实。他希望我告诉他：“你说得对，我们该结束了。”即使是那种时候，我的反应也很得体、克制。我依然小心翼翼地向前探索，就像应对日常生活中的意外一样。我内心不安的唯一表现，就是经常会手忙脚乱，我内心越是不安，越是拿不稳手上的东西。

有两个星期，我从来都没有问他一些问题，就是我一下子想到、几乎要脱口而出的问题。只有在无法忍受他的谎言时，我才决定逼问他，把他逼到墙角。我做了一锅肉丸拌面酱，那是他特别喜欢的。我把土豆削皮、切好了放在烤箱里，做迷迭香烤土豆。但我没有一点做饭的心思，没有任何乐趣。我开罐头时割了手，红酒瓶子从手中滑落，红酒和玻璃溅得到处都是，也溅到了白色的墙壁上。我去拿抹布，动作过于激烈，装糖的瓶子掉在了地上，糖洒下的一刹那很漫长，我听见糖粒像雨一样落在厨房的大理石地板上，落在洒在地上的红酒上。我感觉非常疲惫，就抛下了眼前的烂摊子去睡觉了，试图忘记一切，忘记两个孩子，那时才上午十一点钟。我醒来时，作为被遗弃的妻子的处境，逐渐地回到了我的脑海里。我决定再也不能容忍下去了。我木然地起身，把厨房收拾好，去学校里接了孩子，然后等着他出于对孩子的爱出现。

他是晚上来的，我觉得他心情很不错，和我寒暄了几句之后，他钻到了詹尼和伊拉丽亚的房间里，一直待到他们睡着。

他从房里出来，正想抽身而去，我强迫他和我一起吃晚饭。我把我做好的肉丸酱放在他眼前，还有迷迭香烤土豆，我在热腾腾的面条上浇了厚厚一层深红色的肉丸酱。我希望他在那盘面里看到：如果离开了，他就再也见不到、吃不到，或者说摸不到、闻不到那些东西了，再也不会有人给他做这盘面。但我没有耐心再等下去，他还没有开始吃，我就问：

“你爱上别的女人了吗？”

他露出一个微笑，毫不尴尬地否认了，表现得很坦然，好像我提出这样不合时宜的问题让他很惊异。但我不相信他的回答，我很了解他，他在说谎时通常就是这种表现。任何直截了当的问题都会让他不安。我又重申了我的问题：

“你是不是真有了别的女人？她是谁，我认识吗？”

那件事情发生之后，我第一次抬高了声音，我说我有权知道。我对他说：

“你不能让我还抱有希望，而你已经做了决定。”

这时他很烦躁地低下了头，用手向我示意，让我声音小一点。现在他显然有些担心，可能是担心两个孩子会醒来。我积累在内心的怨恨都在翻滚，有很多话都要脱口而出，我已经不再考虑有些话该不该说。

“我不想压低声音，”我一字一句地说，“他们应该知道你都对我做了什么。”

他盯着眼前的盘子，看着我的脸说：

“是的，我有别的女人了。”

这时他异常用力地用叉子叉起很多面条塞到嘴里，似乎要让自己不要再说了，不要冒更多风险。最主要的事情他已经说了，他已经决定说了。我只感觉胸口一阵剧痛，已经感觉不到其他东西。我意识到，对于正在发生的事，我无法做出反应。

他开始用通常的方式，咀嚼嘴里的面条，但突然间，他嘴里发出“咔嚓”一声，他停下咀嚼，呻吟了一声，叉子落在了盘子上。他把嘴里的东西吐在了手心里：面条、面酱还有血，那真的是血，红色的血。

我木然地看着他沾了血的嘴，就像在看投影机放出的影像。他眼睛瞪得很大，他用餐巾擦了擦手，把手指放在嘴里，从里面取出了一块玻璃。

我愣愣地看着他，他气急败坏地把那块玻璃放在我眼皮底下，带着一种出乎我预料的仇恨说：

“这就是你想要的吗？这就是你对付我的方法？”

他猛地站了起来，推开椅子，把椅子抬起来，重重地摔在地上，就好像让它彻底固定在地板上。他说我是一个不可理喻的女人，根本就不理解他，说我永远都不可能真正理解他。可能，因为他的耐心，也许是怯懦，让我们一起生活了那么长时间。但现在他受够了，他叫喊着说，我让他感到害怕，在面条里放玻璃，我怎么能做出这种事情，简直是疯了。他甩门离开了，根本就没有考虑两个孩子在睡觉。

3

我在桌前坐了一会儿，脑子里唯一想的是：他有别的女人了，他爱上了另一个女人，现在他承认了。我最后站起来开始收拾桌子。我看见在餐巾上那块玻璃留下的血迹，我用手在盘子里摸索，又找到了两块玻璃，那是早上红酒瓶摔碎时落进去的。我再也受不了了，哭了起来。后来我平静下来，把拌面酱倒在了垃圾桶里，奥托这时来到我跟前，哼哼唧唧的。我拿起遛狗的绳子，带着它出去了。

广场上空荡荡的，路灯从树干和树冠中间照射下来，有一些黑漆漆的角落，勾起了我童年时期对黑暗的恐惧。以前都是马里奥出去遛狗，他通常是在夜里十一点到十二点之间出去，他离开之后，遛狗的任务就变成我的了。两个孩子、狗、买菜、钱、午饭和晚饭，这些都成了我要操心的事。我丈夫把他的心思和欲望从我身上移开了，转移到了其他地方。这一切都让我意识到遭遇遗弃之后的实际后果。从现在开始，这就是我要面对的现实，我要承担原本属于我们俩的责任。

我应该做出反应，找到对应的措施。

不要崩溃，我想，不要跌倒。

如果他爱上了别的女人，那你做什么都没有用，任何东西都只会从他身上滑落，而他毫发未伤。压制怒火，不吵闹，不叫喊，这也没什么用。你应该意识到他的心变了，他已经换了房间，沉迷于别人的肉体。你不要像那个弃妇一样以泪洗面。你要避免变成那些心碎的女人。那是青少年时期我读的一本名著里的女人。

现在，我清楚地看到那本书封面的每个细节。那是法语老师让我读的，当时我很冲动，带着一种天真的热情告诉她，我想要当作家。那是一九七八年，已经是二十多年前的事了。“你要读一下这本书。”她说，我当时很努力地读了那本书。我把书还给她时，说了一句很自大的话：那些女人真的很愚蠢。那些女士虽然很有文化，生活富裕，但她们在那些三心二意的男人手里，就像小玩偶一样被粉碎。我觉得那些女人在情感上太过于愚蠢。我想变得不同，想写另外一些女人的故事，她们很能干，拥有各种资源，无法战胜，而不是写那些被遗弃的女人的剧本，她们脑子里唯一想的就是失去的爱。我当时很年轻，很自负。我不喜欢封闭的东西，那就像一扇关上的百叶窗，我喜欢光线，喜欢窗口吹进来的风。我想写一些微风轻拂、光线透射进来、尘埃在光线里飞舞的故事，我喜欢那些作家，他们的作品字里行间，只要探出头向下看，你就会感到眩晕，看到地狱般的黑暗。我一口气说出了我的想法，从来都没有像当时那样激动。我的老师流露出一个带着讽刺的微笑，看起来有点儿恼怒。她一定是失去过某个人、某样东西。在二十多年之后，现在在我身上也发生了同样的事：我正在失去马里奥，也许我已经失去他了。我挺着身子走在奥托的身后，它迫不及待向前冲，河水潮湿的气息透过鞋底，让我感受到路面的冰冷。

我无法平静下来。有没有可能，马里奥就这样毫无征兆地离开了我？我觉得他不可能一下子就对我的生活失去了兴趣，就像他一直精心浇灌一株植物，忽然间就不管了，任凭它干枯。他单方面决定不再关注我，我没法理解这事儿。仅仅在两年之前，我告诉他，我需要有自己的时间、一份工作，让我可以每天在外面待几个小时。我在一家小出版社找到了一份工作，我对这份工作充满好奇，他让我算了，别折腾了。虽然我告诉他，我需要一份工作，赚属于自己的钱，即使很少、特别少。但他不建议我去工作，他说："现在艰难的日子已经过去了，我们不需要钱了，你可以开始写东西了，写作吧。"我听了他的建议，在那家出版社工作了一段时间之后，第一次找了个做家务的阿姨，但我还是没写出什么像样的东西。我写的东西自命不凡，也很混乱。我沮丧地看着那个打扫卫生的女人，那是个骄傲的俄罗斯女人，她不爱受人指使，不接受批评和指责。我已不需要做家务，没有任何工作职责，但还是写不出像样的东西。我来往的人很少，少年时候的梦想像一块过于破旧的抹布一样破碎了。我把阿姨辞退了，我无法容忍她做我该做的工作，我却还无法完全投入写作，享受创作的快乐。就这样，我像之前一样照顾家里、孩子、马里奥，就好像要告诉自己：我现在真的只配过这种生活。现在看来，我得到了什么结局？丈夫找了别的女人，我有很多眼泪，却不能哭。我要抵抗，要坚强，要让自己经受考验。只有严格遵从这一点，我才能拯救自己。

最后，我放开了奥托。我坐在一张长椅上，冷得发抖。我青少年时期读的那本书，有些句子是我当时背下来的：我现在一干二净真的手上有什么牌大家也很清楚。不，我想，那是负气的话。首先，句子要加上逗号，我必须铭记这一点。说出这些话的人，已经越过了一个界限，她需要抬高自我，因此已经处于迷失的边缘。还有这些话：那些女人下面很湿，这让她们觉得自己了不起，觉得男人也是挺起的。我小时候特别喜欢那些低俗放肆的话语，它让我觉得自己拥有男性的自由。现在我才知道，那些肮脏的词语，如果出自像我这样一直很拘谨的人的口中，只能激起疯狂的火花。我闭上眼睛，两只手抱住脑袋，紧紧捂着眼皮。马里奥的那个女人。我想象她是个成熟的女人，在洗手间里，裙子撩起来了。他在她身上，两只手抓住她汗津津的屁股，手指伸到她的屁眼里，地板上滑溜溜的，全是精液。不，不要这样。我忽然站了起来，打了个呼哨叫奥托回来，这口哨是马里奥教给我的。那些场景、语言，快离开我吧。那些破碎的女人。奥托跑来跑去，想选个合适的地方撒尿。我身体的每个角落都感到那些性爱场景的侵扰，有一种沉沦的危险，让我陷入自我鄙视，怀念他。我站了起来，重新走过那条路，又吹了一声口哨，等着奥托跑回来。

不知道过了多长时间，我忘记了狗，忘记了自己身处何处。时间在不知不觉中溜走了，我满脑子都是和马里奥相爱时的场景，我带着柔情蜜意和一丝兴奋，带着怨恨想着那些事情。是我的声音让我从记忆的深渊中清醒过来，我像是吟唱一首歌那样，不断告诉自己："我很美，我很美。"这时，我看到了卡拉诺——我们的邻居，他是个乐手。我看见他正在走过那条小路，向小广场、大门走去。

他腿很长，黑色的身影弯着腰，背着沉重的乐器。他经过距离我一百米的地方，我希望他没看到我。那是个很害羞的男人，和别人打交道时经常不懂分寸。如果他们失去耐心，态度会失去控制；如果他们很客气，会变得黏糊糊的，像蜜糖一样。他经常和马里奥打交道，有时是因为我们的洗手间向楼下渗水，有时是因为奥托的叫声吵到他了。他和我的关系也不怎么样，没什么具体的原因。有几次遇到他，我从他眼中看到一种明确的兴趣，让我觉得很尴尬。那并不是因为他的目光很粗俗，他其实没法表现得粗俗。但我觉得，女人，所有的女人，都会让他激动不安，在女人面前，他的目光、动作、话语就会变得不对劲儿，他的欲望会不由自主地流露出来。他自己也知道这一点，每当出现这种情况，他会觉得很羞愧，可能他是无意的，但我也不由自主地被卷入了这种羞愧。因此我尽量回避他，不和他打交道，我对他说“早上好”“晚上好”都会觉得很不自在。

我看着他走过那个小广场，他个子很高，因为乐器盒的缘故，影子显得更高。他头发灰白，很瘦，但脚步沉重。忽然间，他不紧不慢的步子好像向后仰了一下，差点儿滑倒。他努力平衡了一下身体，停下来看了看右面鞋底，骂了句什么。这时他看到我了，抱怨说：

“您看到了吗？我的鞋子毁了。”

虽然这不是我的错，但我很尴尬，马上向他道歉。我开始着急地呼唤奥托，就好像要狗自己向我们的邻居解释，让我可以洗清所有罪责。但奥托的黄色身影很快经过路灯的亮光，消失在黑暗中。

那个乐手在路边的草地上蹭着鞋底，看起来很烦躁，他仔细查看有没有搞干净。

“您不需要道歉，把狗带到别的地方去遛吧，这里有人已经开始抱怨了……”

“对不起，我丈夫通常都很注意……”

"您丈夫？请原谅，他很没教养……"

"现在没有教养的人是您，"我忍不住说，"又不是只有我们家养了狗。"

他摇了摇头，张开手做了个手势，好像说他不想吵架。他最后嘀咕了一句：

"告诉您丈夫，不要太过分了。我知道有些人会毫不犹豫地在这个小区里放满拌了毒药的肉丸。"

"我不会跟我丈夫说这些话。"我怒气冲冲地说，前言不搭后语地加了一句，就好像在告诉我自己：

"我已经没有丈夫了。"

我把他一个人撇在那条小路上，在草地上奔跑起来了。我跑向了灌木丛，黑漆漆的树木下面，我大声呼喊着奥托，就好像那个男人想要跟踪我，我需要狗来保护。当我气喘吁吁地转过身时，看见那个乐手最后一次查看了鞋底，迈着虚弱的步子，消失在大门里。

4

在接下来的日子里，马里奥一直都没有出现。尽管我为自己制定了严格的行为准则，第一条就是：不给我们共同的朋友打电话。但我还是给他们打了电话。

我发现没人知道我丈夫的消息，他们好像也有好多天没有见到他了。我充满愤恨地告诉所有人，我说他为了别的女人离开我了。我以为我说的事会让他们惊异，但我感觉他们一点儿都不意外。我故作轻松地问他们，知不知道他的情人是谁、她多大、是做什么的，他是不是已经去她家里住了，没人说得清楚。马里奥在都灵理工大学一个名叫弗兰克的同事想安慰我，他说：

“这是年龄的缘故，马里奥现在四十岁了，很容易出这样的事。”

我受不了他说这些话，我恶狠狠地说：

“是吗？那也发生在你身上了？发生在所有你们这个年纪的男人身上？为什么你还和你妻子生活在一起？让我和莱雅说几句，我要告诉她，这种事也发生在你身上了！”

我本不想做出这种反应。我给自己设定的另一条规矩是：不要变得招人恨。但我控制不住自己，我的血液在沸腾，很快什么都听不进去，眼睛会充血。别人给我讲道理，我自己也想平静下来、理智一些，但这都让我很烦躁，呼吸急促，想发泄愤怒。我特别想吵架，我先是同那些男性朋友吵，然后和他们的妻子或同伴吵，最后无论男女，任何人试图让我接受发生在我生活中的事，我都会和他们吵。

在这一点上，弗兰克的妻子莱雅非常耐心，她进行了各种尝试。她是个充满智慧的女人，想找到补救的办法，一个解决方案。她那么善解人意，我和她反目，就好像在伤害那些为数不多的好心人，但我无法控制自己，很快对她也失去了信任。我觉得我们说完话之后，她会马上跑到我丈夫和他情人跟前，一五一十详细汇报我现在的情况：我怎么样照顾孩子和狗，我还需要多长时间才能接受现实。这样一来，我很快停止了和她见面，我连一个说话的朋友也没有了。

我开始发生变化。在一个月的时间里，我的习惯发生了改变：我不再仔细化妆，我从说一口优雅的语言、小心翼翼、不愿冒犯别人，到口无遮拦，总是很刻薄，中间会夹杂着肆无忌惮的笑声。慢慢地，虽然我一直在克制自己，但我开始说一些低俗的语言。

我说脏话时感觉很自然。我觉得我的话可以让少数几个假惺惺的、试图安慰我的人知道，我不会被那些漂亮话蒙骗。我一张嘴就感觉想要讽刺人，骂人，诋毁马里奥和他的婊子。我特别讨厌这种处境：他知道我的一切，我对他的现状却几乎一无所知。我感觉自己就像个盲人，有很多人在观察、窥视着我，而我却一心想窥视他们。我越来越愤恨，我心想，有没有可能，像莱雅这样阴险的女人，会把我的一切都告诉我丈夫，而我却不知道他决定和什么样的女人搞在一起、他为谁把我抛弃。她到底哪一点比我好？我想，都是那些告密者、虚假的朋友的错，他们总是和那些幸福自在的人站在一条战线上，永远都不会和不幸的人站在一起。我很清楚这一点。他们更喜欢那些新伴侣，因为刚开始他们总是很愉快，晚上总是在外面逛。他们心满意足，因为一直在一起，他们会接吻、撕咬、舐舔、吮吸，品尝性器的味道。关于马里奥和他的新女人，我只能想象这些：他们什么时候搞，怎么搞。我日日夜夜都在想这些。因为每天胡思乱想，我不再注意自己的形象，不梳头不洗脸。他们太能搞了，我带着难以忍受的痛苦想他们怎么搞、在哪里搞。就这样，少数几个还想帮助我的人也却步了，因为我变得让人难以忍受。我变成了孤家寡人，我为自己的绝望感到害怕。

5

同时，我觉得自己一直都面临某种风险。对两个孩子的责任，也包括满足他们生活上的、物质的需求，对我来说变成了一种持续性的折磨。我害怕自己再也没有能力照顾他们，我害怕会伤害他们，可能是在某个疲惫或失神的时刻。其实，马里奥之前也没怎么帮我带过孩子，他一直工作都很忙。但我知道他在哪里，有时即使他不在家，但我知道，如果需要的话，他会回来，这让我很放心。事实上，现在我不知道他在哪里，我没有他的电话号码。我用一种让人不安的频率拨打他的手机，我发现他手机大部分时间都关机。他变得遥不可及，我找不到他，他的同事——也可能是他的同谋会告诉我，他生病了，或者请假没有上班，有的甚至说他去国外出差了，去现场视察。这都让我觉得自己像个忘记怎么出拳的拳击手，在擂台上转来转去，双腿无力，毫无防备。

我一直都生活在忧虑之中，我害怕我会忘记去学校接伊拉丽亚放学。如果我让詹尼去周围的商店买些需要的东西，我很担心他会出意外。更糟糕的是，我害怕自己因为过于担心，忘记了他的存在，不记得去查看他有没有回家。

总之，我处于非常不稳定的状况中，我用一种精疲力竭的方式在控制自己。我满脑子都是马里奥，想象着他和那女人做的事。我不断回想着我们的过去，我非常想知道自己到底哪些方面做得不够。从另一个方面，我绝望地想承担起自己的职责：在给面条放盐时，我会很小心，避免放两次；我会特别关注食物的到期时间，注意把煤气关好。

有一天夜里，我听到家里传来窸窸窣窣的声音，就好像是风吹着一张纸在地板上快速向前飘的声音。

狗吓得哼唧着，奥托虽然是狼狗，但它胆子很小。

我站了起来，看了看床底下，也看了看家具下面。在长时间积累下来的绒毛中间，我看到一个黑色的影子，在床头柜下面快速跑开了。它从我的房间里出去，在狗的吠叫声中，钻到了两个孩子的房间里。

我跑到他们的房间打开了灯，把两个孩子从睡梦中叫醒，让他们从房间里出去，关上了房门。我的过激反应让他们很害怕，我渐渐找到了力气，平静下来了。我让詹尼去给我拿扫把，他是个勤快到让人不安的孩子，马上把簸箕也拿了过来。

伊拉丽亚这时叫嚷起来了：

“我要爸爸，快给爸爸打电话。”

我愤怒地说：

“你们的爸爸不要我们了。他去了别处，和别的女人一起生活了，已经不管我们了。”

虽然我很害怕那些跑来跑去的爬行动物，但我小心翼翼打开了两个孩子的房门。我把试图挤进门的奥托赶走，把门关上了。

我想我应该从这里开始。我只有一个人，再也不能心慈手软。我把扫把伸到詹尼和伊拉丽亚的床下、衣柜下面，带着恶心用力搅动。一只黄绿色的蜥蜴，不知怎么爬到了我们住的六楼，它沿着墙壁快速向前爬，想找到一个洞或者缝隙钻进去。我把它摁在了一个墙角里，死死按着扫把的棍子，把它压死在那里。我抑制住恶心，把大蜥蜴的尸体扫进了簸箕里。我说：

“没事儿了，我们不需要爸爸。”

伊拉丽亚很坚定地说：

“爸爸不会把它弄死的，他会抓住尾巴，把它放回到草地上。”

詹尼摇了摇头，来到了我跟前，仔细看了看那只大蜥蜴，他抱住了我的腰。他说：

“下次，让我来干掉它。”

那个过分的词语，“干掉”，我能感受到他的痛苦。他们是我的孩子，我很了解他们，刚才听到了那个消息，他们在掩饰自己的反应。他们的父亲离开了，为了一个陌生的女人，离开了他们，离开了我。

他们没问我什么，没有要求我做任何解释。他们俩非常害怕，快速爬到了床上。他们想着院子里不知道有多少虫子爬到了我们家里。他们很难入睡，醒来时，我看到他们不一样了，就好像发现这个世界再也没有安全的地方。这也是我那时的感觉。

6

大蜥蜴的事情结束之后，本来夜里我就不怎么睡得着，现在更变成了一种折磨。我从哪里来，正在变成什么人。十八岁时，我是个任性的女孩，有着美丽的前途；二十岁时，我已经开始工作。二十二岁时，我和马里奥结婚了。我们离开了意大利，先是在加拿大，后来去了西班牙，还有希腊。二十八岁时我生了詹尼，在怀孕期间，写了一篇以那不勒斯为背景的小说，第二年，这篇小说很轻易就面世了。三十一岁时，我生了伊拉丽亚。现在我三十八岁，变得一无是处：没有工作，失去了丈夫，失去了锋芒，变得迟钝麻木，甚至无法控制自己的行为。

两个孩子去学校上学，我躺在沙发上，起身又坐下看会儿电视。但任何电视节目都无法使我忘记自己。夜里，我在家里转悠，打开电视，有很多频道播的都是女人的视频，大部分都是女人。她们在床上就像树枝上的黄鹂鸰，嗲声嗲气，做出淫荡的表情，除了字幕承诺的享受，还有可以拨打的电话号码。要么她们扭动着身体，用甜腻的声音哼唧。我看着这些女人，心想马里奥的婊子可能就是这个类型的女人，色情片的噩梦或梦想。在我们一起生活的十五年中，他暗地里渴望的就是这些，但我一直都没有明白。我首先很生自己的气，然后是生他的气，后来忍不住哭了起来。就像夜里电视上的那些女人，她们不断抚摸自己巨大的乳房，或舐舔着乳头，在虚假的快感中扭动着身体，她们悲哀的演出真让人想哭。

为了让自己平静下来，我开始写作，一直写到黎明。刚开始，我想写完那本写了很多年的书，但后来我放弃了，觉得很不满意。在夜里，我给马里奥写了一封又一封信，虽然我不知道应该寄到哪里。我希望迟早有机会把信给他，我很希望他能读到这些信。我在寂静的屋子里写这些信，家里只有两个孩子在另一个房间睡觉的呼吸声，还有奥托在房间里转悠，担忧地发出哼唧声。在这些长长的信里，我尽量采用了一种平静、对话的语气。我对他说，我在仔细分析我们之间的关系，我需要他的帮助，想明白我哪里做错了。我承认，夫妻生活的矛盾有很多，我正在努力分析我们之间的所有矛盾，试图化解它们，从中走出来。最主要的，我唯一真正希望他做的，就是听我说话。我希望他能告诉我他的想法，配合我进行自我分析和解剖。他消失得无声无息，这是我受不了的事。他不应该就这样抽身而出，不再管我，他的安慰对我来说太重要了，他至少应该对我有一点点关注，是什么让他有了毅然离开我的勇气。我现在一个人几乎崩溃，通过放大镜，看着一年年我们在一起的生活。我觉得他回不回来和我们娘仨一起生活，这并不重要。其实我是在说谎。对我来说，最要紧的是另一件事，我迫切地想搞清楚发生了什么。为什么他那么轻易就丢弃了十五年的爱情、温情，还有我们度过的激情时光？时间，时间，他占有了我生命的那么多时间，现在就那么任性地毁掉了。这是多么不公平的决定，这也是单方面的决定。他抛开了过去的生活，就像那是一只落在手上、让人讨厌的虫子。不仅仅是他的，我的过去都转眼化为乌有。我问他为什么会这样，求他帮助我搞清楚：过去我们在一起的时间，有没有某种真实可言，从什么时候开始，我们的关系开始解体。总的来说，我想知道，我是不是真的浪费掉了一年又一年，一月又一月，一天又一天，或者它具有隐秘的意义，会让那段经历具有新的结果。我必须知道，特别迫切地想知道，我要得出结论。只有知道事情的原委，我才能振作起来，在没有他的情况下活下去。但现在，在突如其来的混乱生活中，我越来越憔悴、枯竭，像夏天海滩上一只空荡荡的贝壳。

我的手指都写肿了，握钢笔的地方开始疼痛，我的眼睛因为不断流泪变得模糊。我来到窗前，感受着风吹着公园里的树木，吹动着幽暗的夜色，隐没在树冠中的路灯散发着斑驳的光。在那漫长的时刻，我像卫兵一样守护着痛苦，只有一些死去的语言陪伴着我。

7

白天，我越来越颠三倒四，越来越失控。我会给自己安排很多事，从城市一头跑向另一头，其实是一些不太紧急的事，但我像是在应对紧急状况。我想让人觉得，我充满了义无反顾的决心，但实际上，我都很难控制自己的身体。在那种活跃的表现之下，我像个梦游者一样神思恍惚。

在我周围，都灵就像一座铜墙铁壁的堡垒，墙壁是冰冷的灰色，即使是春天的太阳也不能让它变热。天气好的时候，一种冰冷的阳光洒在路上，会让我很不舒服，出一身冷汗。如果我走路出去，碰到有些人或事，我随时都可能坐下来，让自己平静下来。我开车出去经常会闯祸，会忘记自己在开车，街道很快会被记忆里清晰的场景所取代，或者我眼前会浮现出让我满怀怨恨的想象。我经常撞凹汽车挡板，或者急刹车，但我很气愤，就好像现实不合时宜地强行介入，驱散了我唤起的记忆，那是我当时唯一在乎的世界。

在这种情况下，我会怒气冲天，从车子里出去跟被我追尾的司机吵架，骂一些很难听的话。如果那是个男司机，我会说不知道他们脑子里在想什么，当然都是下流东西，可能是小情人。

有一次，我真的很害怕，我想都没有想就让伊拉丽亚坐在我身边的位子上。我开车走在马西莫·阿泽廖路上，开到了加利莱奥·费拉里斯街那里。虽然天上有太阳，但同时也下着小雨。我不知道自己当时在想什么，也许我看着女儿，想知道她有没有系好安全带，也许事情并不是这样。当然，我是最后才看到红灯的，我看见一个瘦高的男人正在过斑马线。那人直直地看着前方，我觉得那是卡拉诺——我们的邻居。也许真的是他，但他低着头，没有背着乐器，满头灰白的头发。我猛踩下刹车，车子在一声痛苦的嘶叫之后停了下来，正好停在距离那人几厘米的地方。伊拉丽亚的额头撞到了前面的挡风玻璃上，玻璃上出现了一道闪亮的裂痕，额头被撞到的地方很快变成了青紫色。

呼喊、哭声，我听见右面传来电车的喧嚣，一个灰黄的影子穿过了人行道，滑过了铁轨，超越了我。我一声不吭地坐在方向盘前，伊拉丽亚很愤怒，她的拳头打在我身上，叫喊着说：

“你把我撞疼了，你太笨了，疼死了！”

有人对我说话，但我不知道他在说什么，可能就是我的邻居，我假定就是他。我忽然清醒过来，骂了他几句。我抱住了伊拉丽亚，检查她有没有出血。我对着那些按喇叭的人破口大骂，我推开行人，在我的催促下，他们显得很厌烦，我推开了一团影子和声音。我把车子停在那里，抱着伊拉丽亚到处找水。我穿过了电车的轨道，像一只无头苍蝇一样，跑到了一座灰色的建筑面前，上面有个牌子，写着“法西斯之家”。我改变了主意，怎么办呢？我往回走。我和伊拉丽亚坐在电车车站的长椅上，她在我怀里嘶叫。我用非常粗暴的动作，推开围绕着我的声音和影子。我让孩子安静下来，决定去医院。我记得我清楚地想着一件事情，那个念头非常执着：有人会告诉马里奥他女儿受伤了，他就会出现。

但伊拉丽亚一点事也没有，她只是头上起了个很大的包，青紫色的，就在额头正中央，她还挺骄傲的。这一点也不会让人担心，至少是不会让她父亲担心——如果有人告诉他的话。那天唯一让人不适的记忆是我的内心活动，简直绝望到有些下作。我不由自主地渴望用女儿当筹码，让马里奥回到家里，告诉他：你看，你不在家会发生什么事情？你看看，我把自己一天天逼到了什么地步？

我对此感到羞耻。但从另一个方面来说，我一筹莫展，满脑子都想着怎么让他回到我身边。我很快形成了这个执念：和他见面，告诉他我已经受不了了。我会向他展示没有他，我成了什么样子。我很确信，不知道源于什么感情，他已不再考虑我和两个孩子的真实处境，他盲目地相信，我们会很平静，像以前那样生活。也许，他以为我们会如释重负，因为我终于不用照顾他了，两个孩子不用再畏惧他的权威。詹尼如果打了伊拉丽亚的话，不用担心挨骂，伊拉丽亚闹腾她哥哥时，也不用担心被爸爸呵斥。我们都幸福地生活着，我们在一边，他在另一边。我想，应该让他睁开眼睛看看，事情到底是什么样的。我希望他能够看到我们，他如果知道家里目前的境况。如果他能看到我们现在的生活变成什么样了，即使只是一天的日子——混乱、焦急、紧张，就像一把能切开肉的利刃——假如他看到我写的信，他会明白我费了多大的劲儿，想要搞清楚我们的问题出在哪里，他马上就会回心转意，回到家里。

但如果他真的知道我们现在的情况，一定会抛弃我们。同一个春天，已经到暮春了，可能对于他来说是春天，无论如何，应该是个美丽的季节。但对我们来说，只是不安和崩溃的背景。日日夜夜，公园好像在逼近我们的房子，就好像要用它的枝叶将房子吞没。到处都是花粉，奥托特别不安，伊拉丽亚的眼皮肿了，詹尼鼻子周围、耳朵后面长了疹子。我自己因为疲惫、麻木，在早上十点也会睡着。醒来的时候，我急急忙忙赶去学校接孩子，后来我担心自己无法准时醒来，开始习惯于让他们自己回家。

另一方面，我大白天睡觉，刚开始我很警惕，觉得那可能是一种病症，现在我很喜欢这一点，很期待白天睡觉的时刻。有时，我会在遥远的钟声中醒来，不知道孩子敲门敲了多久。有一次我很晚才开门，詹尼对我说：

“我还以为你死了呢。”

8

某天早上，我正在睡觉时，忽然惊醒，就好像被针刺了一样。我以为到了接孩子的时候，我看了一下手表，时间还早。我发现叫醒我的是手机铃声，便怒气冲冲地接了电话，用了一种很不客气的态度。那段时间，我对所有人都用那种语气。电话是马里奥打来的，我马上改了语气。他说，他打电话到我手机上，是因为家里的电话打不通，他打了很多次，只能听到窸窸窣窣，还有远处有人说话的声音。他的声音、温柔的语气，证明他还存在于这个世界的某处，这让我很感动。我对他说的第一句话是：

“你不要想着面条里的碎玻璃是我故意放进去的。我打碎了一个瓶子，不知道碎片是怎么掉进去的。”

“我才不会那么想，”他回答说，“是我不对，我当时的反应太激烈了。”

他跟我说，他之前不得不马上去出差。他去了丹麦，那是一段很美好却很辛苦的旅程。他问我，能不能晚上过来看孩子，取几本他需要的书，尤其是取一些笔记。

“当然了，”我回答说，“这是你家啊。”

我挂上电话，忽然间，向他展示目前家里的状况、两个孩子和我的糟糕状态的想法消失了。我把家从里到外打扫了一遍，整理好一切。我洗了个澡，吹干了头发，又洗了一遍头发，因为第一次洗头的效果不那么让人满意。我很仔细地化好妆，穿上一条轻薄的裙子，那是夏天穿的裙子，是他送给我的，我很喜欢。我把手和脚都打理了一番，尤其是脚，我的脚长得很粗糙，让我很羞耻。我没有漏掉任何细节，甚至拿起记事本算了一下。我很不高兴地发现，我快来月经了，我希望它能推迟。

两个孩子从学校里回来，他们一时有些目瞪口呆。伊拉丽亚说：

“屋子干干净净的，你也干干净净，真美啊。”

但惊喜到此为止，他们已经习惯了生活在混乱之中，忽然恢复之前的整洁，这让他们很警惕。我不得不跟他们斗争很长时间，让他们去洗澡，把他们打扮得像过节的样子。我说：

“今天晚上，你们的爸爸会来，我们要尽量让他不要再走了。”

伊拉丽亚用威胁的语气对我说：

“那我就跟他说我长了丘疹的事儿。”

“你想说什么都可以。”

詹尼很激动地说：

“我会告诉他，自从他离开家，我做作业总是出错，学习退步了。”

“可以啊，”我表示同意，“告诉他所有事情。告诉他我们很需要他，告诉他要在我们和那个新女人之间做出选择。”

晚上，我又梳洗了一遍，但我很焦虑。在洗手间里，我一直在对着两个孩子叫喊，他们把自己的东西放得到处都是，又把家里搞乱了。我感觉越来越难受，我想我下巴和额头上一定会长包，真太倒霉了。

这时我想到戴上马里奥的奶奶留下的耳环，那对他来说是非常重要的物件，他母亲后来一直戴着那副耳环。那是一副很昂贵的耳环，十五年里我只戴过一次，是在马里奥的弟弟结婚时。即使是那次，我也是突破了层层阻碍才戴上的。他很担心我会把耳环弄丢了，还很害怕别人会偷走。或者他觉得耳环只属于他，他不想让我染指。我觉得他看着我戴那副耳环，很害怕我会破坏他的某段记忆，或是青少年时期的幻想。

我打算一次性向他展示：只有我才能衬得起他的想象。我看着镜中的自己，虽然看起来瘦了很多，眼袋很重，脸色有些发黄，粉底也掩盖不住，但我觉得自己很美。说得准确一点，是我不顾一切，想要展示自己很美。我需要信心。我的皮肤还很光洁，还看不出来有三十八岁。我的生命力就像在一场美容手术中，就像血液、口水、鼻涕一样被吸走了。如果我能在自己面前掩盖这一点，那也能骗过马里奥。

但我很快就陷入了沮丧之中，感觉眼皮沉重，腰疼，特别想哭。我检查了一下内裤，上面已经染上了血迹。我用方言骂了一句脏话，声音里有一种不可抑制的怒火，我很担心两个孩子会听到。我清洗了一下，换了内裤，这时门铃响了。

我马上就恼火起来了，马里奥把自己当成了外人，没用家里的钥匙开门，他想强调，他只是过来看看。奥托是第一个冲过去的，它跳得很高，呼吸急促，很兴奋地叫了起来，已经辨别出是他回来了。然后是詹尼，他打开门，一下子就愣在那里；伊拉丽亚藏在哥哥的背后，她眼睛亮晶晶的，满含笑意。我站在走廊尽头，靠着厨房门。

马里奥进来时，带了很多礼物。我已经有三十四天没有见到他了，他看起来更年轻了，甚至更放松了。我胃里一阵抽搐，感觉自己快要晕厥了。从他的身体和脸上，一点都看不出他很想念我们的痕迹，他无法掩藏他的惬意，或者说幸福。我身上却带着痛苦的痕迹，他的目光落在我身上，一定会警惕地发现这一点。

“孩子们，别缠着爸爸。”我用假装出来的愉快语气说。这时候，伊拉丽亚和詹尼已经把礼物从袋子里拿了出来，他们都扑过去，抱住父亲的脖子，亲他的脸。两个孩子还在吵架，争取他的关注，一点儿都听不到我在说什么。我很气愤地待在一个角落里。伊拉丽亚在试穿一条裙子，显得矫揉造作，那是她父亲带给她的。詹尼在走廊里玩一辆电动小汽车，奥托跟在后面，一边跑一边叫。我觉得时间在沸腾，就像一口放在煤气上的锅，锅里黏糊糊的汤马上要溢出来了。我要容忍伊拉丽亚，她在讲额头上撞的青紫色的包，差不多已经好了，她在讲我的罪状。马里奥亲吻了她的额头，向她保证，那没什么。詹尼夸大其词，说了他在学校的不良表现，还念了老师对他的差评，马里奥表扬了他，让他不要担心。真是让人悲伤的场景。后来我再也受不了了，有点粗暴地把两个孩子推到他们的房间里，把门关上。我威胁说，如果他们敢从里面出来，就会受到惩罚。之后，我做了极大努力，才让自己的声音回归甜美，但我的努力白费了。我大声说：

“好吧，你在丹麦玩得痛快吧？你的情人也跟你一起去的吧？”

他摇了摇头，抿了抿嘴唇，小声回答说：

“你如果要这样说话，那我就会拿上我的东西，马上离开。”

“我在问你，你的旅行怎么样，不能问吗？”

“不是那种语气。”

“不能吗？我是什么语气？我该用什么语气？”

“用文明人的语气。”

“你对我文明吗？”

“我恋爱了。”

“我早就恋爱了，我爱上了你。你羞辱了我，你还在继续羞辱我。”

他低下了头，我觉得他真的很难过。这让我很感动，不由自主地换成了一种温情的语气。我对他说，我了解他的处境。我说，我想象他心里一定很乱。但是我——我长叹了一口气，用痛苦地声音说——虽然我很努力地重整旗鼓，尽量去理解他，找回之前的秩序，耐心地等待这段时间能过去，但有时我会崩溃，我会做不到。为了向他表明我的决心，我从厨房抽屉里拿出了我写给他的信，急切地把那沓信放在了他面前。

“你看看我多努力，”我跟他解释说，“在这里面，我写出了我的原因，也在费劲地理解你的理由。你看看吧。”

“现在吗？”

“如果不是现在看，那要什么时候看？”

他有些沮丧地翻开了第一页，看了几行，然后看着我。

“我回家再看。”

“回谁的家？”

“奥尔加，别这样。给我一些时间，求你了，不要觉得对我来说很容易。”

“对我来说肯定更难。”

“不是这样。我感觉自己好像在落入深渊，时时刻刻都很害怕，每个小时，每分钟……”

我不记得他具体说了什么。如果要诚实一点，我觉得他提到了一个事实：两个人一起生活，在一张床上睡觉，另一个人的身体会变得像个时钟。他说，“一个计时器”——他用的确实是这个词——“一个生命流逝的计时器，只会让人感到焦虑”。但我感觉他想说的是别的事，我理解到的当然比他说的更多。他本来想说出一些话，但终究没说，用一大堆粗俗的话掩饰过去了，后来陷入了沉默。我一字一句地说：

“你想说，我让你感到痛苦？你想说，和我在一起，你觉得自己变老了？你在我的屁股上看到了死亡逼近的痕迹。之前它柔软、紧实，现在变得不成样子了？你想说的是这些吗？”

“孩子在那边呢……”

“在这里，在那里……我在哪里？你把我放在什么地方？我想知道这一点！如果你觉得痛苦，你知道我有多痛苦吗？你看吧，看这些信！我想不通这件事！我不知道我们之间发生了什么！”

他用充满厌恶的目光看着那些信。

“如果你现在这么较劲，那你永远都不会明白。”

“是吗？如果我不想较劲，那我应该怎么做？”

“你应该散散心，想开点。”

我心里一阵抽搐，忽然想知道：他是否会吃醋，还在不在意我的身体，他是否会接受别人的介入。

“当然了，我会散心，”我用一种暧昧的语气说，“你不要觉得我一直在这里等着你。我写东西，是想搞明白发生了什么事，我痛心疾首。但我做这些是为我自己，为两个孩子，当然不是为了取悦你。我才不会那么想。你看到了吗？你看，我们仨过得多好？你看到我了吗？”

我弯下身子，摇晃着耳坠，充满揶揄，先给他看了一边的侧脸，然后是另一边。

“你看起来不错。”他说，但并不是很确信。

“好个屁，我是特别好。你问问我们的邻居，问问卡拉诺我怎么样。”

“那个乐手？”

“那个乐手。”

“你跟他约会了？”他有些不情愿地问我。

我笑了，有点像抽泣。

“是的，可以这么说，我们见面，就像你和你的情人见面一样。”

“为什么偏偏会选择他？我不太喜欢他。”

“是我跟他搞，又不是你。”

他用手捂住了脸，仔细摩挲了一遍，嘀咕了一句：

“你当着两个孩子的面？”

我露出了一个微笑。

“搞？”

“你当着孩子的面，也这样说话。”

我失控了，开始大喊大叫：

“我怎么样说话？我已经厌烦了嗲声嗲气。你他妈的伤害了我，正在毁掉我，我还得像一个有教养的好妻子那样说话吗？去你妈的！你对我做出那样的事，你现在还这样对我，我应该怎样说话？你和那女人搞在一起，我应该用什么措辞？我们说说吧！你舔了她的洞吧？你插了她后面吧？你和我没做过的事，都会和她做吧？说吧！我虽然看不到你们，但我的眼睛能看到你们在一起做的事，成千上万次，日日夜夜都能看到，睁着眼闭着眼都能看到！但为了不冒犯先生您，不让您的孩子不安，我还应该采用文雅的措辞？必须要言谈高雅、讲究？滚开吧！混蛋，赶快滚吧！”

他马上站了起来，飞快地走进了他的书房，把一些书和几本笔记塞到了包里，但他停了下来，愣愣地看着他的电脑，拿了一个装碟片的盒子，还有抽屉里的其他东西。

我吸了一口气，跟着他进了书房。我脑子里疯狂地回响着一些句子，想对他说：你什么都不能动，这是我在你身边时，你做出的成果。我照顾你，买菜做饭，你的成果的一部分也属于我，因为我付出了时间，把东西都放在那里！但我很害怕我说出的每句话可能会产生的后果。我很害怕自己可能说出的话，我还担心我会让他很厌恶，让他真的离开。

“马里奥，对不起，来吧，我们谈谈吧……马里奥！我有点儿神经质……”

他推开了我，走到了门那里，打开门说：

“我要走了，但我会回来，你不要担心。我会回来看孩子。”

他要出门，但他停下来说：

“别戴那副耳环了，它们并不会让你增色。”

他没有关门就消失了。

我用力把门甩上，那是一扇特别老旧的门，门弹了回来，没有关上。我用脚猛踢着那扇门，直到它关上。我跑到了窗口，狗哼哼唧唧，忧虑地跟在我身后。我等着马里奥出现在路上，很绝望地对他喊道：

“告诉我，你住在哪里，至少给我个电话号码！如果我需要你，该怎么办？如果两个孩子生病了……”

他头都没有回，一直向前走。我怒不可遏地大喊道：

“我想知道，那个婊子叫什么名字，你应该告诉我……我想知道，她是不是很美，有多大年纪……”

马里奥上了汽车，发动马达。车子消失在小广场中间的绿植下面，又重新出现在我的视野里，最后彻底消失了。

“妈妈。”詹尼在叫我。

9

我转过身去，两个孩子已打开房间的门，但不敢迈出门槛。我的样子一定不是很让他们放心。他们站在那里，满脸惊恐地看着我。

他们的目光让我感觉到，他们好像看到了那些鬼怪故事里的人物，会让人浮想联翩，比实际看到的更多。也许我身边有个像墓地的雕像一样的人：我儿时记忆里那个被遗弃的女人，那个弃妇正直挺挺地站在那里。她从那不勒斯来到了都灵，拉住我的裙子，不让我从六楼跳下去。她知道我想抱住丈夫的腿哭泣，流着冷汗和血泪，恳求他留下来吧。那个弃妇让我想起来，她就那么做过。一天晚上，她服毒了。我母亲低声对两个和她一起干活的女人——她们一个是黑发，一个是金发——说："那个可怜的女人，以为丈夫会后悔，会在她临终之前跑来求她原谅。”但实际上他很谨慎，远远待着，和新欢在一起。我母亲苦笑了一声，这个故事，和她知道的其他故事一样苦涩，都大同小异：没有爱的女人，她们眼里的光会熄灭；没有爱的女人，她们虽然活着，但心已经死了。六十年代晚期，一些客户还会找她量身定制衣服。她一边缝衣裳，一边说着这些话。一连几个小时，她都在那里裁剪、缝制，一边说着这些闲话，一边做衣服。我在偷偷听着，我想写故事的愿望，就是那时候在母亲的工作台下玩耍时滋生的。那个不忠的男人跑到了佩斯卡拉，他妻子特意处于生死之间，不得不叫救护车，送去医院急救，他也没有回来看看。那些话一直都留在了我脑子里。“特意处于生死之间”，就像走钢丝的人。我听到我母亲的话，不知道为什么，我想象那个弃妇出于对丈夫的爱，躺在一把剑的刀口上，利刃切开了她的衣服、皮肤。我看到她从医院回来，比之前更可怜了，我觉得她衣服下面有一道深红色的伤疤。那些邻居都躲着她，不仅仅是因为他们不知道怎么跟她说话，对她说什么。

我猛然回到现实，内心充满怨恨，我想整个人扑向马里奥，用全身的力气殴打他。我决定从第二天开始，重新打电话给那些老朋友，和他们重新建立联系。但电话坏了，在这一点上，马里奥没有说谎。一拿起听筒，我就听到难以忍受的嘶鸣，还有遥远的人声。

我来到了手机跟前，特意用了一种柔和的声音，和我认识的那些人交谈。我想让他们觉得，我现在已经平静下来了，正在学会接受新的现实。对于那些愿意和我交谈的人，我会小心翼翼地问起马里奥，还有他的新欢。我假装自己已经知道了一切，现在只不过是想聊聊，发泄一下情绪。大部分人都是用单音节“是”和“不”来回答我，他们已经猜到我在暗中进行调查。有几个人忍不住向我透露了一些小细节：我丈夫的情人开着一辆金属灰的德国大众，总是穿着很庸俗的红色靴子，一头金发，但颜色有些发白，看不出来年龄。莱雅·法拉可是最乐意聊的，说实在的，她不是说闲话，她只是告诉我她知道的事。她从来都没有见过他们在一起。关于那个女人的情况，她没有什么可说的，但她知道他们生活在一起。她不知道他们的住址，有人说，他们住在布雷西亚广场那边，就在布雷西亚广场。他们躲得挺远的，那个地方说实在的不怎么样，因为马里奥不想见任何人，也不想被任何人看到，尤其是他在都灵理工大学的那些老朋友。

我正想让她多聊几句，但我的手机不知道有多长时间没充电了，这时忽然关机了。我手忙脚乱地在家里找充电器也没有找到。前一天，因为马里奥要回来，我把家里的每个角落都整理了一遍，当然把充电器也收起来了。我翻箱倒柜，想不起来我到底把它放在哪里了。奥托这时在吠叫，真让人受不了，我忽然火冒三丈，为了避免把手机丢向狼狗，我把它向一面墙壁扔了过去。

手机摔成了两段，零件落在地上，发出很清脆的声音。狗一边吠叫，一边冲过去撕咬，好像那些零件是活物。等我平静下来，我来到了家里的固定电话前面，拿起了听筒，我听到的依然是那种长时间的嗡嗡声，还有遥远的人声。但我没把电话挂上，我几乎不假思索，熟练地拨出了莱雅的号码。这时电话里的嗡嗡声忽然中断了，显示正在拨通，真的很神秘。

我给莱雅的第二通电话，真是无济于事。刚才的通话已经过去一段时间了，当我的朋友接了电话，我觉得她特别寡言，让人着急。可能是她丈夫批评她了，或者是她自己后悔了，众所周知，事情已经那么复杂了，她不应该火上浇油。她有些不自在，用关切的语气说，她就知道那么多。她已经有很长时间没见到马里奥了，关于那个女人，她真的什么都不知道，她不知道那女人是老是少，是不是有工作。至于他们住的地方——布雷西亚广场，只是一个大概的方向：可能会是巴勒莫街、塔拉诺街，或是洛迪街。那个区域的街道都是以城市名命名，很难说是哪条。无论如何，马里奥跑去那个地方住，她觉得有些奇怪。她建议我不要管那些，时间会让一切水落石出。

但她的话没能阻止我当晚就出去了，等两个孩子都睡着了，我开着车子出去，在外面晃荡到夜里一两点。我在布雷西亚广场附近、布雷西亚街、巴勒莫街转悠。我慢慢向前开，在那个城区，我感觉城市被撕裂了，有一道很长的裂痕，那是电车亮闪闪的轨道。天空黑漆漆的，压迫着那些低矮的建筑，天空好像只由一台优雅而高大的起重器支撑着，路灯病恹恹的光线，就像一个运动着的活塞平稳的底部。在抛物面天线灰色的圆盘之间，露台上撑开来的白色或天蓝色的遮阳布，在微风的吹动下，发出噼噼啪啪的响声。我会停下车子，满怀怨恨地在那些街道上走动。我为自己祈祷，希望遇到马里奥和他的情人。我想，我可能会碰到他们从一辆大众汽车里出来，可能是他们看完电影，或在外面吃完饭回来，会像我们过去在孩子出生之前一样愉快。但我什么都没有遇到，我看到一辆辆空车、关了门的店铺、睡在角落里的醉汉。在刚刚修复好的楼房旁边，是一些歪歪斜斜的建筑，里面传来外国人的声音。在一栋瓦片屋顶的低矮建筑上，我看到几个黄色的字："自由的希尔瓦诺"。他自由，我们自由，大家都自由。我讨厌折磨人心的束缚，沉重生活的限制。我无力地靠在亚历山大街道的一面墙壁上，那是一栋刷成天蓝色的建筑，上面有几个刻在石头上的字："那不勒斯王子避难所"。这就是我所在之处，南方语言的调子在我脑子里叫喊，两个遥远的城市就像一把钳子，蓝色的海平面和阿尔卑斯山的白色夹击着我。三十年前，生活在马志尼广场上的那个可怜女人，那个弃妇，她像我一样，因为绝望喘不过气来。她会靠在房子的外墙上，或是一面围墙上。我没办法像她那样，通过抗议和报复缓解一下。这时，即使马里奥和他的新女人真的回到了那些房子中的一栋——在对着大院子的那栋高大建筑里，入口处写着"铝"的房子，密密麻麻的阳台都带着遮阳布——他们一定会回避人的耳目，躲在防雨棚的下面。他们在一起很幸福，我拿他们一点儿办法都没有。我用所有的痛苦、愤怒，撕裂遮挡着他们的屏障，忽然出现在他们面前，用我的不幸，使他们变得不幸，真的一点用处也没有。

我长时间走在那些黑漆漆的路上，天色紫黑。我毫无根据地确信（这种确信没有任何根据，我们会称之为直觉，是我们的愿望勾起的想象），他们就在那里，在某扇大门后面，在一个角落里，在一扇窗子后面，可能会看到我。他们就像那些得逞的罪犯一样，为他们的罪行感到幸福。

但我一无所获，凌晨两点我回到家里，因为失望而精疲力竭。我把车子停在小区的路边，向小广场走去，看到卡拉诺的身影在走向大门，乐器盒子从他佝偻的肩头探了出来。

我当时特别想叫住他，我再也无法忍受寂寞，需要和某个人谈谈，我想叫喊、吵架。我加快了脚步，想要赶上他，但他已经消失在大门里。如果我跑起来的话（我没有那样的勇气，我担心沥青路、公园、每一根树干，还有河流黑色的水面都会撕裂），在他进入电梯之前，我也追不上他。我正想赶上他，这时我看到地上有个东西，就在双头路灯的灯杆下面。

我弯下腰，那是一张驾照的塑料套子。我打开来，看到照片上那个乐手的脸比现在年轻很多。阿尔多·卡拉诺：出生在一个南方小镇。按出生年月算起来，他已经快五十三岁了，八月份过生日。现在，我有充分的理由去敲他的门。

我把驾照放在了口袋里，进了电梯，摁下五楼的按钮。

电梯比往常更慢，寂静中，电梯的嗡嗡声让我的心跳加快了。电梯到了五楼，我却感觉到一阵恐惧，毫不犹豫地摁了六楼。

回家，马上回家。如果两个孩子醒了，在屋里找我怎么办？我明天会把驾照还给卡拉诺。为什么要在夜里两点钟敲一个陌生男人的门呢？

各种感觉都涌上心头，怨恨、屈辱、雪耻的渴望。我需要验证自己身体的力量，这一切都在摧毁我残余的理性。

是的，回家。

10

第二天，卡拉诺还有他的驾照被我忘在脑后。两个孩子早上刚去上学，我发现家里到处都是蚂蚁。每年这个季节，天气刚刚热起来，它们都会出现，从窗口、从阳台成群结队地钻进来，有的从地板下面冒出来。它们跑来跑去，找藏身之所，会跑到厨房里，找到糖、面包和果酱。奥托嗅来嗅去，会汪汪叫起来，无意中会把蚂蚁带得到处都是，它们会藏在它的毛皮中。

我找来抹布，把每个房间都彻底打扫了一遍。我用柠檬皮，把我觉得蚂蚁最容易出没的地方抹了一遍。我特别焦虑，等着蚂蚁再出现的时候，我马上会发现它们是从房子哪里跑出来的。我找到诸多巢穴的洞口，在那里塞满滑石粉。当我意识到无论是柠檬皮还是滑石粉都不管用，我决定用杀虫剂。尽管我很担心奥托的安危，因为它到处乱舔，根本不会辨别哪些可以舔，哪些会损害它的健康。

我在储物间里找到了一瓶杀虫喷雾，仔细阅读了使用说明。我把奥托关在两个孩子的房间里，用那种有害的液体，把家里上上下下喷了个遍。其实喷的时候，我内心很不安，我意识到那瓶有毒的液体就像是我身体延伸出来的部分，是我内心仇恨的液化器。因此我不管奥托一边在吠叫，一边还在挠门，我在等着，没有理会它。我走到阳台上，就是为了不呼吸家里有毒的空气。

阳台是悬空的，就像是游泳池的跳台。外面的空气很闷热，炙烤着公园里纹丝不动的树木，热气弥漫在波河蓝色的流水上，笼罩着那些穿着灰色或天蓝色衣服的划艇手，还有伊莎贝尔公主桥的桥拱。在楼下，我看到卡拉诺弯着腰，在小路上转悠，很明显在找他的驾照。我对着他喊了一句：

“先生！卡拉诺先生！”

但我的声音一直都很小，我不会大声叫喊，声音在不远的地方就落了下去，就像是小孩子扔出去的石子儿。我想告诉他，我拿着他的驾照，但他根本就没有回头。这时候，我站在六楼默默地看着他。他的肩膀很瘦，但很宽，头发灰白，但很浓密。我觉得内心的敌意在滋生，我越觉得自己毫无道理，那种敌意就越强烈。不知道这个单身男人有多少秘密，可能是对于性的执念，到老年都无法放弃对性的崇拜。他当然也看不到更远的地方，除了他越来越微弱、越来越可怜的精液。他唯一满意的事，就是看到自己还能挺起来，就像一株干渴的植物，垂死的叶子在获取水分。在女人的身体面前，在那些肯和他上床的女人面前，他会变得特别粗俗、肮脏，会很匆忙。他唯一的目的、唯一的心思就是进入到一个红色的洞里，就像在射击场打中靶心一样。如果那女人的阴毛富有光泽，屁股紧实，充满弹性，那就更美了。他一定就是这样想的，我觉得他就是这样想的。我满脑子都是这些无比清晰、让我愤怒的幻想。当我回过神来再看楼下时，我意识到卡拉诺消瘦的身影已经从楼下的小路上消失了。

我回到屋子里，杀虫剂的味道淡了一些。我把死蚂蚁留下的黑色痕迹扫掉了，又费劲地把房间擦洗了一遍。我咬着嘴唇擦了地板，把叫得很绝望的狼狗从房间里放了出来。我发现两个孩子的房间里全是蚂蚁，我觉得一阵恶心。从拼接不紧密的老木地板缝隙间，一队队蚂蚁冒了出来，它们充满力量和决心，黑色的队伍在四处逃窜。

我又开始消灭蚂蚁，虽然心里很不情愿，我只能那么做。我感觉它们无穷无尽，干也白干。我越是厌烦它们，它们就越是顽强。我觉得那是一种强烈的生命力的呼唤，它们意识不到任何障碍，相反，每一道障碍，都会激发它们自行其是的无畏、顽强的意愿。

我在那个房间里也喷了很多杀虫剂，我给奥托戴上狗绳，任凭它拖着我，一个台阶一个台阶，喘着粗气走下了楼梯。

11

狗顺着小路向前跑，项圈还有我拉着的狗绳让它束手束脚。经过了一块绿色的潜水艇残片——那是詹尼特别喜欢的，我钻进了写满脏话的地下通道，出来之后，我朝着一片小松林走去。这时小区里的那些带孩子的女人——一大群叽叽喳喳的女人，会停在树荫下，把小推车停在周围，特别像西部电影里在路上歇脚的殖民者。她们要么会看着年幼的孩子在附近的场地上，一边玩球，一边尖叫。那些母亲大部分都不喜欢没有拴绳子的狗，她们把自己的恐惧投射在动物身上，担心狗会咬小孩，或者弄脏孩子玩耍的区域。

奥托很受罪，它想奔跑，想玩，我不知道怎么办。我感觉神经末梢快要从我的皮肤里冒出来了，我想避免和别人发生冲突的机会。为了不和别人争吵，我最好硬拉着奥托。

我来到小松林里，希望那里没人找麻烦。狗一边打着激灵，一边嗅着地面。我一直都没有怎么管过这条狼狗，但我对它很有感情。它也很爱我，但对我没什么期望。一直是马里奥在照顾它，陪它玩儿，在户外奔跑。现在我丈夫消失了，作为一条性格很好的狗，奥托渐渐适应了马里奥不在家的日子，只是有些闷闷不乐。因为它之前的习惯没有得到遵循，有时会很不耐烦地叫几声。比如说，马里奥一定早已经放开它了，过了那个地下通道，它就解放了。同时，他已经开始和那些坐在长椅上的太太搭讪，让她们放心，说狼狗很乖，很喜欢小孩。但我即使到了小树林，也要看看四周，看看会不会招惹到什么人，才会把狗放开。它欣喜若狂，一下子就窜出去老远，跑来跑去。

我捡起了一段柔软的树枝，在空中抽了两下，刚开始有气无力，后来变得很坚定。我喜欢树枝在空中发出像鞭子一样的声音，那是我小时候经常玩的一种游戏。有一次在我们住的院子里，我找了一根很细的树枝，在空中甩动着，让它发出嘶叫。就是在那个时候，我听说我们的邻居服毒、自杀未遂之后，最后在米赛诺角的海里淹死了。消息从一个窗口传向另一个窗口，从一层楼传到另一层楼。母亲马上把我叫回家里，她很烦躁，很小的事情都会让她对我大动肝火。有时候，我感觉她不喜欢我，就好像在我脸上她看到了不喜欢的东西，那也是和她相似的地方，她内心的痛苦。在这种情况下，她会禁止我到院子里去，禁止我在楼梯间玩。我待在家里幽暗的角落里，想象着一个故事：那个弃妇没有气息、喝了一肚子海水的身体，像一条银色的鳀鱼，等着用盐腌制。从那以后，每次我在空中甩动树枝，想要听到呼啸声，都会想到她，那个被海水腌过的女人。我听到她淹死时的声音，一整夜她都浸在水里，被海水冲到了米赛诺角。现在，在小树林里，一想到这一点，我不由自主越来越用力地甩动着手上的树枝，就像小时候那样，可能是为了唤醒幽灵，也可能是为了驱散它们。我越用力，鞭子一样的呼啸声就越大。我意识到自己的举动，忍不住笑了起来：一个处于困境的三十八岁的女人，忽然玩起了小时候的游戏。我想，是的，我们就是这样。即使长大成人，也会想象，也会做很多没有意义的事，为了快乐，或是因为崩溃。我一边笑，一边甩着手上的枝条，笑得越来狂野。

我听到叫喊声才停了下来，那是个年轻女人的叫声，忽然出现在小路尽头。她很高大，但并不健壮，只是骨骼很大。她皮肤很白，脸轮廓分明，头发黝黑。她一边叫喊，一边紧紧地握着童车的把手，那里面传出几声婴儿的哭声。奥托对她发出威胁的叫声，它也被叫喊声和孩子的哭声吓到了。我向着那个方向跑去，也在朝着狗叫喊：坐下，坐下！但它还在叫，那个女人对我叫喊着说：

“您知道该给它拴上狗绳吗？该给它戴上嘴套吗？”

蠢货。她才该戴上狗绳。我忍不住对她喊道：

“你有没有长脑子啊？如果你叫喊起来，就会吓到孩子，孩子哭了，你们俩就会吓到狗，狗也会叫起来！这是因果关系，你才应该带上嘴罩！”

她也针锋相对地回敬我。这时奥托还一直在叫。她提到了自己的丈夫，她用威胁的语气说他会有办法的，会一次性解决公园里狗不系绳子跑来跑去带来的麻烦。她嚷嚷着说，绿地是给孩子的，不是给那些畜生的。她抱起在小车里大哭的孩子，抱在胸前，说了些安慰的话。我不知道她是说给自己听的，还是说给孩子的。最后，她瞪着奥托，一字一句地说：

“看到了吗？如果我的奶水没有了，我会让您付出代价！”

也许是因为她提到了哺乳的事，我不知道为什么，感觉胸口一阵撕裂，好像我的听力和视力忽然觉醒了。我忽然意识到奥托的真实面目：它锋利的牙齿、竖起的耳朵，皮毛也竖起了，目光凶残，每条肌肉都准备好冲出去，叫声也很可怕。那真是个可怕的场景，我觉得它好像变成了另一条狗，异常凶残的一面流露出来，难以控制，像童话里愚蠢的狼。我觉得，就是它的反叛举动难以控制，我叫它趴下，它没有乖乖趴下，而是一直在叫唤，让情况变得复杂。我对着它喊道：

“够了，奥托，别叫了！”

它还是没停下来，我气势汹汹地举起了手上的树枝，它还是没有闭嘴。这让我很生气，用力抽打起它来。我听见树枝的呼啸声，看到树枝落到它耳朵上时，它惊异的眼神。愚蠢的狗！马里奥送给詹尼和伊拉丽亚的小狼狗，它在我们家长大，变成了一条黏人的大狗。这其实是我丈夫送给自己的礼物，他小时候，一直梦想能有这样一条狗，才不是詹尼和伊拉丽亚想要的。一条被惯坏了的狗，在家里一直备受宠爱，顺着性子来。现在我对着它高喊，畜生！讨厌的畜生！这是我发自内心的声音，我一边抽打它，一边喊道。它呜咽着趴在了地上，身子紧紧贴着地面，耳朵垂了下去，一动不动，满脸忧伤，很不理解我劈头盖脸对它的猛击。

“您在干什么？”那女人小声嘀咕了一句。

我没有回答她，接着抽打奥托。她用一只手推着小推车赶快走了，吓到她的不再是狼狗，而是我。

12

当我意识到自己在做什么，我停了下来。我看到那个女人在小路上，几乎是一路小跑，扬起了一道尘土，我听到奥托的脸埋在爪子中间，在难过地呜咽。

我扔掉了手中的树枝，蹲在它的身边，安抚了很长时间。我到底对它做了什么？我很迷乱，就像吃了致幻剂，我能想象这条可怜的狗很迷惑，它不知道发生了什么。我劈头盖脸暴打了它一顿，搅乱了它长期以来的经验，现在一切都是无序的、失控的。是的，可怜的奥托，我不知道对它低语了多长时间。

我们回家了。我打开门，进去后，我感觉家里不是空的，而是有人。

奥托飞快地跑过走廊，恢复了以往的活力和快乐。它跑向了两个孩子的房间，孩子在里面，每个人坐在自己的床上，书包放在地板上，看起来神色不安。我看了一下时间，我又一次忘记了去接他们。

“什么味道这么难闻？”詹尼推开了扑过去欢迎他的奥托。

“杀虫剂，家里又有蚂蚁了。”

伊拉丽亚抱怨说：

“我们什么时候才能吃饭啊？”

我摇了摇头，脑子里浮现出一个问题，但很模糊。我大声给两个孩子解释，我没有买菜，没有做饭，我不知道让他们吃什么，都是蚂蚁的错。

最后，我忽然想起来刚才要问的是什么了：

“你们是怎么进的门？”

是的，他们是怎么进来的？他们没有钥匙，我没有给他们钥匙，我觉得他们不会开锁。但他们现在就在房间里，就像幽灵一样浮现出来。我拥抱了他们，用的力气很大，就是想确认：的确是他们，是两个有血有肉的孩子，我不是对着幻影说话。

詹尼回答说：

“门刚才虚掩着。”

我来到了门跟前，仔细查看了一下，没有看到撬锁的痕迹，一切都很正常。那道门锁很老，要打开很容易。

“你们回来的时候，家里没有任何人吗？”我万分紧张地问两个孩子。我想着如果小偷在家里，正好两个孩子回来了，现在他们会不会藏在家里某个地方？

我紧紧抓住两个孩子，在家里往前走。唯一让我放心的是，奥托在我们身边跳跃，没有任何警惕心。我四处看了看，没发现任何人。一切都很完美，干净整齐，地上连蚂蚁来往的痕迹也没有。

伊拉丽亚又问：

“我们吃什么啊？”

我给他们做了煎蛋，詹尼和伊拉丽亚狼吞虎咽地吃完，我吃了一点面包和奶酪。我很没有胃口，漫不经心地听着两个孩子聊天，说他们在学校做的事，某个同学说了什么，他们受了什么欺负。

我在想：小偷在家里乱翻，翻箱倒柜，如果找不到可以偷的东西，他们会报复，会在床单上拉屎，到处撒尿。还好，家里没有任何小偷来过的痕迹。另外，也不是只有这一种情况。我想起了二十年前，我还和父母生活在一起时发生的一件事情，和通常关于小偷的传言完全相悖。我们回到家里，发现门被撬了，但家里整整齐齐，也没有任何报复的肮脏痕迹。只是几个小时之后，我们发现家里唯一值钱的东西没有了：我父亲几年前送给我母亲的金表。

我让两个孩子待在厨房里，去看平时放钱的地方，钱都在，却找不见马里奥奶奶的首饰：它们平时被存放在床头柜的抽屉里，我在家里的任何地方，都没找到那副耳环。

13

接下来的几天，我白天晚上都在反思。我主要朝着两个方向努力：首先要紧紧抓住目前的现实，抑制脑子胡思乱想；其次我要尽量打起精神，把自己想象成一只耐火的蝾螈，可以若无其事地穿过大火。

不要屈服，我激励自己，要进行斗争。我尤其害怕的是，我无法控制自己的思想，一个念头起来，就无法停下来，无法专注于必须做的事。我担心那些突如其来、无法控制的抽搐。我写下这些话，就是给自己打气。马里奥离开了，并不是带走了整个世界，他只是把自己带走了。你再也不是三十年前的女人了。你是这个时代的女人，要紧紧抓住今天，不要倒退回去。你要抓紧了，不要迷失自己，尤其是不要沉迷于胡思乱想，或者一个人自言自语，诅咒泄愤。抹去那些感叹号。他离开了，你留下了。你再也享受不到他眼里的亮光、他的话语，但这又怎么样？你要做出防卫，保持自己的完整，不要像个摆设那样变得粉碎，你不是小玩意儿，任何女人都不是小玩意儿。心碎的女人，啊，心碎[①]，心碎个屁。我想我的任务就是要展示出虽然经历了这些事情，还是会保持身心健康。要向自己展示这一点，而不是给别人。如果大蜥蜴闯进来，我就和大蜥蜴斗争。如果蚂蚁来了，我要和蚂蚁斗。如果小偷来了，我也会和他们斗争。如果我遭遇了自个儿，我会和自己抗争。

我时不时会想：谁来了家里，只是拿了那副耳环，其他什么都没有动？我给自己的问题找到了答案：只能是他。他拿了属于他们家族的耳环。他想让我明白，我再也不属于他的血脉，他要把我从他身上排除出去了，我彻底成了外人。

后来我改变了主意，我觉得那是一个让人无法忍受的版本。我告诉自己：要小心。小偷的可能性比较大，可能是那些瘾君子，在毒瘾的驱使下会做出这种事情。这是可能的，是极有可能的。为了担心自己想入非非，我再也不写东西了。我来到了大门前，打开了门，把门轻轻关上，然后我抓住门把手，用力拉向自己，门打开了。锁没有锁上，弹簧太松了，锁舌探出来得太少了，只有一毫米。刚才门看起来是关上了，但实际上拉一下就开了。整个屋子、我的生活，还有我孩子的生活，

---

① 原文为法语：La femme rompue, ah, rompue。

都是敞开着的，白天夜里，任何人都可以闯进来。

我很快得出了结论，应该把锁换一下。如果家里进贼了，他们可能还会再来。如果是马里奥来过，专门偷偷摸摸地进来，那他和小偷有什么差别？他比小偷还要可耻，偷偷摸摸跑进自己的家里，在那些熟悉的地方翻找，可能会翻看我的信，还有我发泄情绪写出的东西。我感到怒火中烧。不，他再也不能踏进这个门槛了。两个孩子一定会支持我的决定，他们不会和一个偷偷摸摸跑到自己家里来、一点痕迹也不留的父亲说话。他连一声招呼都不打，也没说再见，也不问一句：你们怎么样了？

就这样，有时候因为满怀怨恨，有时候是因为担忧，我确信要给门换上一把新锁。那些卖锁的店员给我解释说，虽然锁子会锁住门，用锁盖、锁舌、弹簧、拨块、锁块、锁销把门锁好，但还是会被人强行撬开。他们建议我，如果要放心的话，最好装一道防盗门。

我有些不太确定，因为我不能随便花钱。马里奥跑了，可以预测，我未来的经济状况会恶化。最后我决定，在那些专门卖锁的店铺里逛逛，对比价格、性能、优点和缺点。经过几个星期的调查研究、讨价还价，我最后决定，让两个工人一天早上来上门安装：他们一个三十岁左右，一个五十岁左右，都一身烟臭味。

两个孩子在学校，奥托慵懒地躺在角落里，根本就不在乎家里来了两个陌生人。我马上就感到很不自在，这让我很生气，任何违背我日常行为的举动，都让我很气愤。在过去，对于任何来敲门的人，我都会很客气：收煤气费、电费、物业费的人，还有水管工、装修工，甚至是那些挨家挨户推销东西的人，房地产公司寻找要出售房子的人。我觉得我是个对人充满信任的女人，有时候我甚至会和陌生人交谈几句，喜欢平静地展示出我对他们的生活抱有兴趣。我对自己那么有信心，我会让他们进入家里，关上门，问他们想喝点儿什么。从另一个方面来说，我的态度通常很明朗，很客气，但同时又保持了适当的距离。那些上门的人，从来都不会说一句冒犯我的话，或用语言试探我，想要看看我有什么反应，来判断我在性方面的意愿。那两个工人一来，就说了些富有内涵的话。他们一起嬉笑，哼唱着低俗的小曲儿，好像并不是很情愿干活。这时，我产生了一种疑问，我的身体、动作和目光，是不是有些东西已经无法控制？我变得激动不安，他们在我身上看到了什么？他们看出来我已经几乎三个月没和男人睡觉了？我没有阳具可以吮吸，也没人舔我的洞？我没的干？为什么那两人一个劲儿笑着，说到钥匙、锁眼、锁舌？我应该给自己装上防护，变得无法打开。我越来越焦虑。他们用榔头用力砸着门，一边抽着烟，也没有问我他们可不可以抽烟。他们的烟味，还有污浊的汗味散布在屋子里，我不知怎么办才好。

我先是钻到了厨房，把奥托也带了进来。我关上了门，坐在桌子旁边，想看会儿报纸，但我无法专心，外面动静太大了。我放下了报纸，开始做饭。后来我想，为什么我要表现出这个样子，为什么我要躲在自己家里，这有什么意义，真是不应该。过了一会儿，我回到了门口，他们俩在门口和楼道忙碌，把防盗门装在之前的旧门上面。

我给他们拿了些啤酒，他们不是很有热情地接了过去。尤其是那个年老的男人，又开始说那一套粗俗、包含着双关的语言。他可能只是想表现得很风趣，那是他唯一表示风趣的方式。我突如其来，突发奇想——那是喉咙里的风，让声带震动——我笑着，用同样暧昧的话来回应他。我发现他俩都很惊异。我还没等到他们回复，就自己增加了尺度，我那么口无遮拦，让他们俩面面相觑，有些不知所措。他们露出有些尴尬的微笑，放下了没有喝完的啤酒，起劲儿地干起活了。

过了一会儿，只能听到锤子猛烈锤击的声音。我忽然又觉得很不安，有些无法忍受。我感到很羞愧，就好像我在等着他们说出其他下流的挑拨话。经过一段漫长的尴尬，他们只要求我给他们拿某个所需的物品、工具，他们不再嬉皮笑脸，客气得有些过分。我等了一会儿，把啤酒瓶、杯子收了起来，回到厨房里。我到底怎么了？我在一步步走向自我泯灭，陷入沦丧，难道我再也找不到自己的分寸？

后来，那两人在叫我。他们已经干完活儿了，给我展示了新锁的用法，把钥匙交给了我。那个年老一点的男人说，如果我有什么困难，可以给他们打电话。他用脏兮兮、结实的手指递给我一张名片。我感觉他又色眯眯地盯着我，但我没有做出任何反应。只有他把钥匙插到深色门板上的两个亮闪闪的钥匙孔里，反复强调钥匙的位置，我才关注他在说什么。

“这把钥匙是竖着的，”他说，“这把是横向插进去的。”

我有些不安地看着他，他补充说：

“要小心，操作不当会损害锁。”

他又轻松而自负，说出富有哲理的话：

“新锁要慢慢适应，它们要熟悉主人的手。”

他先试了第一把钥匙，又试了另一把。我觉得，他也得花费一定的力气才拧得动。我说，让我来试试。我先是锁上门，然后打开了两把锁，又稳又准，没有任何困难。那个年轻男人用温和的语气说：

“太太，您的手真稳当。”

我把钱给他们，他们走了。我关上了身后的门，靠在门上，感觉门扇震颤了很长时间，像是活的一样。我一直等到一切平息下去，恢复了平静。

14

刚开始，门锁没出现什么问题，我把钥匙插入到锁眼里，会很流畅地拧开。我养成了习惯，回到家里总是会把门反锁起来，我白天晚上都会把门锁好，不希望有惊喜或惊吓。但很快，门锁成了最不重要的问题，我有很多事情要操心，家里到处都贴着备忘录：记得做这个，记得做那个。我无法集中注意力，开始经常搞错钥匙：把上面的钥匙插入到下面的锁孔里，或者刚好相反。我会硬拧，不断坚持，会愤怒。我拎着大包小包的东西，拿出钥匙，我错了又错，试了又试。我强迫自己专心，我会停下来，做深呼吸。

我要集中注意力，我想。我用缓慢的动作，选取正确的钥匙，看准钥匙孔，我脑子里牢记这两件事情，一直到门锁里的喀嚓声向我宣告，门打开了，我的操作是对的。

但事情越来越糟糕，我越来越害怕，一直都像惊弓之鸟，担心犯错，害怕遇到危险，最后我心力衰竭，筋疲力尽。有时我只是想着，有件紧急的事要做，我会以为已经做了。比如说煤气，那是一直都让我不安的事儿。我非常确信，我把锅下面的火关掉了——你要记住，千万要记住，要把煤气关上！——但实际上，我并没有关。我做了饭，摆好餐具，吃完饭把餐具撤了，把杯盘放到了洗碗机里，蓝色的火焰仍在默默燃烧着。整个晚上，它都像火环一样，在煤气灶上燃烧着，就像一个散乱的信号。早上我走进厨房做早餐时，看到它还烧着。

啊，我的脑子：我再也不能相信自己了。马里奥在蔓延，抹掉了每样东西，只留下他小时候、成年之后的样子，就好像他一年年在我的眼皮子底下，在我的怀里，在温热的吻里长大。我只想着他，想着发生了什么事，让他不再爱我。他要把我的爱还给我，他不能就这样离开。我列举了所有他欠我的：我帮助他准备大学的考试，他没有勇气去参加，我陪他去大学，在人声鼎沸的弗利格罗塔街，鼓励他。我听见他胸口怦怦的心跳，很多城里和乡下的学生都聚集在那里。我在大学的楼道里，把他向前推，我记得他因为紧张而变得苍白的脸色。我有好几个晚上都熬夜，让他给我复述那些考试难点。我总是牺牲自己，把时间用在他身上，在某种程度上，让他变得强大。我把我的梦想搁置到一边，支持他追寻他的梦想。他每次出现精神危机，沮丧的时候，我会把我的危机放在一边，去安慰他。为了让他专注自己的事情，我投入了自己的时间，一个小时又一个小时，一分钟又一分钟。我照顾家里，买菜，管孩子，处理日常生活中无聊的事务，而他埋头向上爬，因为我们的出身并不占什么优势。现在他离开我了，带走了所有那些时间、那些能量，所有我奉献给他的辛苦。忽然之间，他就离开了，和另一个女人享受那些努力的成果。那是个外人，她没有为他成为现在的样子、没有为他的诞生和成长动过一根手指头。我觉得这是很不公平的行为，是很冒犯人的做法，我简直无法相信。有时我觉得，他一定是昏了头了，不记得我们的过去，他现在一定是处于风险之中。我感觉我比任何时候都爱他，那是一种提心吊胆的爱，而不是充满激情的爱。我想他肯定很快就会需要我。

我不知道应该去哪里找他。莱雅·法拉可后来改口了，她说她没告诉我：布雷西亚广场可能是他目前住的地方。她说，我理解错了，他不可能住在那里，马里奥不会去那个区域。这事让我受的冲击很大，感觉自己受到了愚弄，又和她吵架了。我又开始搜集关于我丈夫的消息：他又去了国外，也许是带着他的婊子一起去的。我无法相信这一点，我觉得他不可能就那么轻易忘记我，还有他的孩子，一连消失几个月，根本不管詹尼和伊拉丽亚的假期怎么过，他把自己的幸福放在了首位。他到底是一个什么样的男人？十五年来，我到底跟一个什么样的男人生活在一起？

已经是夏天了，学校放假了，我不知道拿两个孩子怎么办。我带着他们在城市里四处走，天气很炎热。两个孩子很难缠，很任性，他们把每件事情都怪到我身上：太热，只能待在城里，不能去海边，不能去山里。伊拉丽亚一直在重复一句话，她装出很受罪的样子说：

“真不知道怎么办。”

“够了！”在家里，在路上，我经常吼他们，“我说，别闹了！”我抬起手来，表示想要扇他们。我举起胳膊，真的想扇他们，我很难控制自己。

但他们不会安静下来。伊拉丽亚想品尝切尔纳亚街[①]柱廊下一家冰激凌店的一百一十种口味。我把她拽走了，但她赖着不走，把我拉向那家店的门口。詹尼会忽然抛下我，在喇叭声中一个人跑过马路，根本不管我担忧的叫喊。他想要去看彼得罗·米卡[②]的雕像，那个纪念馆他已经看了无数次了，马里奥给他详细讲了那位民族英雄的故事。城市越来越空了，我无法让他们留在城里。从小山、河流、街道上吹来的风都是热的，空气雾蒙蒙的，让人无法忍受的炎热。

有一次我们吵了架，就在那座炮兵纪念馆前面的公园里，

---

① 切尔纳亚街是都灵市中心的一条重要街道，得名于克里米亚战争的切尔纳亚战役。这条街设有柱廊，为十九世纪都灵街道的典型风貌。

② 彼得罗·米卡（Pietro Micca），也称皮埃尔·米卡（Pierre Micha），是一名意大利士兵，因在都灵防御法国军队时所作的牺牲而成为萨伏依公国的民族英雄。

在彼得罗·米卡发绿的雕像下，身佩刺刀、手拿炸弹的雕像。我不是很了解那些英勇就义的人物，那些血与火的故事。

“你不会讲故事，”詹尼对我说，“你什么都记不住。”

我反驳说：

“那让你爸爸给你讲啊。”

我开始大声说，假如他们觉得我什么用也没有，那应该去找他。他们会有一个新母亲，现成的，已经准备好迎接他们了。当然是都灵人，我敢说，她一定知道彼得罗·米卡的所有故事，知道那座城市的国王、公主，还有那些傲慢、冰冷的人，那些机器人。我大喊大叫，失去了控制。詹尼和伊拉丽亚很爱这座城市，尤其是詹尼，他很熟悉城市的街道和故事。他父亲经常带他在穆齐[①]街道尽头的纪念馆下面玩，那里有一尊铜像，父子俩都很喜欢。在街上放这些雕像，纪念那些国王和将军，真是很愚蠢。詹尼梦想着成为萨伏依家族的费尔迪南，参加诺瓦拉战争，从垂死的马身上跳下，手里拿着刺刀投入战斗。啊，是的，我渴望伤害他们，我的两个孩子，尤其是想伤害我儿子，他已经有了皮埃蒙特口音。马里奥也学会了都灵口音，尽量掩饰自己的那不勒斯腔。我特别痛恨詹尼像一头肆无忌惮的小公牛，变得越来越傲慢、愚蠢、霸道，想为国家抛头颅、洒热血，或者投入其他野蛮的冲突中，我实在受不了了。

① 安东尼奥·穆齐（Antonio Meucci），意大利发明家，电话的发明者。

我把他们撇在公园里，留在一个小喷泉的旁边，我大步流星走在加利莱奥·费拉里斯街上。我走向高高的维托里奥·埃马努埃莱二世[①]像那里，那是两排房子尽头的一个阴影，映衬在雾气腾腾、炽热的天空下。也许我真的想永远抛弃他们，忘记他们，把事做绝。马里奥重新出现时会问：你的孩子呢？我不知道。我把他们弄丢了，我记得上次我见到他们时是一个月前，在奇塔代拉区的公园那里。

过了一会儿，我放慢了脚步，往回走。到底发生了什么？我到底怎么了？我和两个无辜的孩子失去了联系，他们渐渐远去，就像在水中顺流而下的木头。我要重新找回他们，抓住他们，要抓紧他们，他们是属于我的。我叫了一声：

“詹尼！伊拉丽亚！”

我看不到他们，小喷泉旁边一个人也没有。

我向四周看了看，焦虑让我的喉咙发干。我在小公园里跑来跑去，手忙脚乱，就好像要把小花坛和树木聚合在一起，好像担心这个公园会裂开，成为千万个碎片。我停在了十五世纪土耳其大炮炮口那里，那是根粗大的青铜圆柱体。我看到他们躺倒在里面，躺在一张硬纸板上，不知道是哪个移民放进去的，那里已经成了个栖身之处。我的血液忽然又沸腾起来了，气不打一处来，我抓住他们的脚，用力把他们拉了出来。

---

① 维托里奥·埃马努埃莱二世（Victor Emmanuel Ⅱ），萨丁尼亚国王，意大利统一后的第一个国王。

“这是他的主意，”伊拉丽亚告发了哥哥，“他让我们藏在那里面。”

我抓住了詹尼的胳膊，用力晃动着，怒不可遏地呵斥他：

“你知道吗？在里面可能会染上传染病，你知道吗？你得了病会死掉的。你看着我，小混蛋。如果下次再敢这样，我会杀了你！”

詹尼用难以置信的目光盯着我，我也觉得自己不可思议。我看到花坛旁边有个女人，距离那个古老的武器几步远，现在，这门大炮在夜里会接纳遥远世界里失去希望的人。我当时没有认出她来，让我害怕的是，她拿走了我的心，这时我感觉我的心脏在她胸口跳动。

15

在那段时间，就连付家里的账单也成了问题。我收到一些邮件，他们说，在某个日期之前，如果没有缴清欠费，他们会切断水电和煤气。我坚持说，我已经付过了。我花几个小时时间，在家里找付账的收据，浪费很长时间进行抗议，吵架，写信。最后我自取其辱，因为事情很明显：我没有缴费。

电话也是一样。不仅仅是马里奥向我指出的问题，电话线一直干扰很大，而且忽然间，我根本就打不了电话：有个声音告诉我，我无权使用此项功能，诸如此类的话。

手机被我摔坏了，我只能去找了公用电话，给电话公司打电话，让他们解决问题。他们向我保证，他们很快就会介入。但过了好几天，电话还是一声不响。我再打电话给他们，变得怒气冲天，声音气得发抖。我用咄咄逼人的语气说了我的情况，电话那头的职员沉默了很长时间，在电脑上进行查询，他通知我说：电话已经欠费停机了。

我非常气愤，我用我的孩子的性命担保，说我已经缴费了。我咒天骂地，骂他们所有人，从最可怜的职员到他们的总经理。我说到了地中海懒病（我就是这样说的），强调这个国家工作效率长期低下、意大利大大小小的腐败。我叫喊着说："你们让我恶心。"我挂上电话，在付款收据里找缴款证明，很显然，事情真是这样：我的确没有缴费。

第二天我就缴费了，但情况并没有好起来。电话线还是干扰很大，就好像话筒里在刮大风，要下暴雨了，信号很弱。我又跑到楼下的铺子里去打电话，他们告诉我，或许我应该换部电话机。或许。我看了一下时间，距离办公室关门还有一点时间，我匆忙从家里出去，简直忍无可忍。

我开着车子，经过八月空荡荡的街道，天气热到让人窒息。我停车的时候，刮到了好几辆停在那里的车的挡泥板。我下车，步行走在穆齐街上，走向那栋正面是五颜六色的大理石拼接的建筑，电话公司就在那里。我看了一眼那栋楼，三步并作两步上了台阶。在岗亭那里，我看到一个客气的男人，他不想吵架。我对他说，我马上想去接待室，我想投诉，因为一个持续了几个月的故障，因为糟糕的服务。

"至少有十年时间，我们没有对外的办公室。"他回答我说。

"如果我想要投诉呢？"

“您可以通过电话投诉。”

“如果我想啐在某个人的脸上呢？”

他不动声色，建议我去孔菲耶恩扎街的办公室看看，距离那里只有一百多米。我气喘吁吁地跑到了孔菲耶恩扎街，就好像那是事关生死的大事，上一次我这样跑，还是像詹尼现在这么大的时候。但到了那里，我也没法发泄内心的不满。我找到了一扇玻璃门，门紧紧关着。我使劲儿摇晃了一下，虽然上面写着：“警报门”。警报，是的，多么可笑的表达方式，那就让警报响起吧，让全世界、整个城市都警觉起来。有个人从我右手墙壁上的一个窗口探出头来，他明显不想多废话，三言两语就把我撂在那里，消失了。他说，这里没有办公室，也不对外；所有一切都成了电脑的声音、屏幕、电子邮件、银行操作；假如有人——他冷冰冰地对我说——要发泄怒火，很遗憾，这里没有任何人可以接待。

我气得胃疼，来到了街上，感觉好像正在停止呼吸，要瘫倒在地上。我眼睛看到了街道对面一栋楼上，一块石碑上的文字，就像是个抓手——让人不要跌倒的词语。在这栋房子里，像梦中的影子一样，一位诗人来到这个世界上，他从忧伤的虚无中——为什么虚无是悲伤的，虚无中有什么悲伤的呢——通过圭多·戈扎诺[1]这个名字，靠近上帝。为艺术写出的语言，

---

① 圭多·戈扎诺（Guido Gozzano），意大利诗人和作家。

用艺术连接在一起的语言。我低着头离开了，很担心自己在那里自言自语。有个男人在盯着我看，我加快了脚步。我不记得把车子停在哪里了，也不想记起来。

我漫无目的地走着，走到了阿尔菲耶里[1]剧院那里，最后走到了彼得罗·米卡路。我很迷惘地看了看四周，车子当然没有停在那里。这时候在一个橱窗前，在一家金首饰店门口，我看到了马里奥和他的新女人。

我不知道我是不是马上就认出她来，我只觉得那就像一拳打在了我的胸口上。也许，我首先发现的是她很年轻，那么年轻，马里奥站在她身边显得像个老男人。或者，我先看到了她身上的衣服，那是一条轻薄的蓝裙子。那是一件过时的衣服，像在二手品牌店里买的衣服，和她的青春格格不入。但那条裙子布料很柔软，贴着她柔和的曲线、长长的脖子、胸脯、腰部、脚踝。要么是绑在脑后的金色马尾首先吸引了我，她的头发很蓬松，由一把梳子固定着，仿佛有一种催眠的作用。

我真的不记得了。

当然了，我当然首先看到的是这个二十岁女孩子柔软的身体特征，然后才看到那张青涩的脸。那是卡尔拉轮廓分明、略显天真的脸，那是多年前引发我们夫妻危机的少女。当然了，只有当我认出她来，看到她的耳环——那是马里奥奶奶的耳

① 因维托里奥·阿尔菲耶里伯爵命名，他是意大利剧作家和诗人，被誉为“意大利悲剧的奠基人”。

环，我的耳环，我就像被雷击了一样。

那对耳环挂在她的耳朵上，彰显了她优雅的脖子，点亮了她的笑容，让那张面孔更加明媚。这时候，我丈夫在橱窗面前用一只胳膊搂着她的腰，带着占有的愉快，而她的一只赤裸的手臂搭在他肩膀上。

时间无限拉长了。我大步流星走过街道，没有任何想哭、叫喊或者寻求解释的意图，我只想毁掉这一切。

现在我知道，他骗了我整整五年。

在这五年的时间里，他偷偷摸摸享受那具身体。他培养那份激情，把它变成了爱情。他耐心地和我睡觉，内心却想着她，等着她成年。她成年之后，他就想告诉我，他要彻底把她据为己有，要离开我。懦弱无耻的男人，他都没有勇气告诉我发生了什么。他在家里假装，假装夫妻生活，假装家庭生活，就是为了给自己争取时间。这个懦夫，就是为了控制她，渐渐找到离开我的力量。

我从背后赶上他们，像山羊一样用尽全力用头撞在他身上。我把他推倒在一面玻璃橱窗上，用他的脸撞着橱窗。卡尔拉也许在叫喊，我只能看到她张着的嘴，看到一圈很整齐的牙齿中间的黑洞。这时候，我抓住了正用惊异的眼神向后看的马里奥，他的鼻子正在流血，用惊恐而错愕的眼神看着我。注意逗号，注意句号。从含情脉脉、安宁幸福的散步到变得凌乱，和世界断开联系，这并不是件很容易的事。可怜的男人，可怜的男人。我抓住了他的衬衣，我那么用力，他的衬衫右肩膀撕开了，一片衣服留在了我手上。他光着背，没有穿背心，现在他不害怕感冒、肺炎了。跟我在一起时，他总是会担心各种病症。他的身体很明显变强壮了，他晒得肤色黝黑，也变瘦了。只是现在看起来有些可笑：他的一只胳膊袖子是完整的，烫得很平整，肩膀上的布还在，领子也在，但歪歪扭扭的。他的胸赤裸着，裤子上耷拉着一些碎布片，鼻血滴落在胸毛上面。

我一直都没有停手，还在拼命打他，他倒在了人行横道上。我开始用脚踢他，一次两次三次——我不知道为什么——他没有反抗。他的动作很不协调，他没有护着肋骨，而是用手臂护着脸，可能他很羞耻，真的很难说。

我觉得差不多了，就转向了卡尔拉，她还张着嘴在叫喊。她向后退去，我向前走。我想抓住她，但她逃开了。我没有想打她的意思，她是个外人，我在她面前几乎是平静的。我只是生马里奥的气，因为他把耳环给了她。我在空中挥舞着手，想要抓住那副耳环。我想把耳环从她耳朵上扯下来，把她的肉撕裂。那是我丈夫的祖辈流传下来的，不能让她成为继承人。这个臭婊子和那副一脉相承的耳环有什么关系？她带着我的东西，在这里显摆。在我之后，这副耳环应该属于我女儿。她打开双腿，把那根屌浸湿，就觉得自己给它洗礼了：我用我洞里的圣水给你洗礼，我把你的屌放在我湿漉漉的肉里，我就能给它重新命名。我说，这是我的，我会给它新生。这个臭婊子，她以为这样就可以取代我的位子，扮演我的角色，有权享有一切，真是个贱货。把那副耳环给我，把那副耳环给我。我想把耳环和她的整个耳朵都扯下来。我想把她那张漂亮的脸皮撕下来，连同眼睛鼻子嘴唇，连着她长着金发的头皮。我想把这些都扯下来，就像用一个鱼钩，勾住她的人皮、乳房、包裹住内脏的肚子，撕开她肮脏的屁眼，上面长着金毛、深深的阴部。我会让她显出原形：一个沾着血的骷髅头，刚扒了皮的骨架。为什么要有脸，肉上要有皮肤，最终来说那只是外表，一层外饰，是我们可怕的、让人难以忍受的自然本性的一层装点。他落入了陷阱，被蒙骗了。就因为那张脸、那柔软的皮囊，让他闯入了我家里，偷走了我的耳环，就是因为他爱那张人皮，那张狂欢节面具。我想把这一切都撕下来，和耳环一起撕下来。我对着马里奥叫喊：

“你看，我让你看看，她到底是什么货色！”

但他拦住了我。路上没有任何人介入，他们都很迟疑——我觉得——只有几个人很好奇，停下来看热闹。我记得，我当时就是给那些好奇的人解说，那是一些支离破碎的话。我希望他们能明白我在做什么，我那么生气的原因是什么。我感觉他们在听着，他们想看看，我是不是能做出我嘴上说的可怕的事。一个女人在街上，真的可以轻易杀人，在人群中，她比一个男人更容易做出这种事情。她的暴力就像是一场游戏、一场仿戏，是用一种可笑的、很不得体的方式展示出一种男性的、想要伤人的决心。我没能从卡尔拉的耳垂上扯下那副耳环，因为马里奥按住了我的肩膀。

他抓住我，把我推开了，就好像我是物品一样。他从来都没有那样带着仇恨对待我。他威胁了我，他浑身都是血迹，非常不安。但他现在的样子，在我看来就像是一个在橱窗里的电视上说话的人。他说的话越是危险，我越是觉得苍白。他在那里，不知道隔着多远的距离，可能是真实和虚假之间的距离，用一根食指凶恶地指着我，是那条完好无损的袖子的末端。我听不见他在说什么，但我觉得很可笑，他的语气装腔作势，特别强硬。我的笑声让我失去了任何攻击他的欲望，我泄气了。我让他把那个女人带走了，那副耳环还挂在她的耳朵上。我还能做什么呢？我已经失去了所有一切，我所有的一切，一切，无法挽回。

16

两个孩子回到家里，我说，我不想做饭，什么都没有准备，我让他们自己去厨房找东西吃。可能是我的脸色，或者是说那些话时了无生机的语气，让他们没有抗议。他们去了厨房，等再次出现的时候，两个孩子都没有说话，几乎有些窘迫，待在客厅的一个角落里。过了一会儿，伊拉丽亚过来，把手放在我的太阳穴上，问我：

“你头疼吗？”

我回答说我不头疼，我说，我不希望有人来烦我。他们回到房间去做作业，我的态度让他们很不高兴，我拒绝关心让他们很难过。后来，我意识到天黑了，我想到了他们，我去看他们在做什么。他们没脱衣服，两个人挨着，睡在一张床上。我没管他们，就关上了门。

我要做出反应。我开始收拾，收拾完一轮之后，又重新开始，就像是在循环作战，一遍遍发现那些不整齐的地方。脑子要清醒，要有决心，死死抓住生活，要活着。在洗手间里，我看到放药的地方还是乱七八糟的，我坐在地板上，把过期的药和还能吃的药片分开。我把所有不能用的药品都丢到了垃圾桶里，放药的架子现在整齐完美。我选择了两盒安定，把它们带到了客厅里。我把药放在桌子上，倒了满满一杯干邑，我一只手端着杯子，另一只手是满满一手心的安定。我来到窗前，从窗口吹来潮湿炎热的风，带着河流和树木的味道。

一切都是那么偶然，我爱上了马里奥，我那时还年轻。我们可能会爱上任何一个男人，任何一具身体，我们会赋予这个人各种意义，人生的很长一段时光，都和他生活在一起。你觉得那是唯一一个可以与他生活的男人，你赋予他各种绝对的美德，但实际上，他只是银样镴枪头。你不知道他是谁，他自己也不知道。我们都是偶然的产物。我们消耗时间，失去生命，那是因为在某个遥远的时刻，一个男人为了找个地方放他的那活，他很热情，在所有女人中选择了我们。他们只是想干，我们却以为，那恩情只针对我们。我们爱他们想交配的欲望，我们那么心醉神迷，认为他只想和我们干。哦，是的，他们是那么特别，让我们也变得很特别。我们给这种事儿命名，给屌的欲望命名，把它个性化，把它称为“我的爱人”。去他妈的，真是糊涂，真是毫无根据的依附。他就像之前跟我在一起一样，现在跟另一个女人干。我还能指望什么呢？时间过去了，一个女人离开，另一个来了。我准备吃一些药，躺在自己最黑暗的深处。

但在那个时刻，从小广场的树荫里，我看到卡拉诺紫黑色的身影冒了出来，肩上背着个乐器盒。他的步子不是很稳健，不慌不忙走过空荡荡的、没有停车的小广场——炎热让整个城市空荡荡的——走向建筑下面。过了一会儿，我听见电梯启动的声音，还有轰隆声。奥托在睡梦中嘟哝着。我忽然想起来，我还拿着那个男人的驾照。

我去了厨房，把手里的药片丢在洗手池里，干邑也倒掉了，开始寻找卡拉诺的驾照。我在放电话的小桌子上找到了，它几乎被电话挡住了。我把那本驾照拿在手上把玩，看着那个乐手的照片。照片上，他的头发是黑色的，鼻子两边深深的法令纹还没出现。我看着他的出生年月，费力地想起是哪天，我意识到，他的五十三岁生日马上就要到来。

我的内心在做斗争，我很想下那段台阶，去敲他家的门，把驾照作为借口，在深夜进入他家里。但同时我也很害怕，害怕陌生人、夜晚，害怕整栋楼的寂静，还有从公园里传过来的让人窒息的露水的气息、夜鸟的叫声。

我打算打电话给他，我不想改变主意。我想要打起精神，实施自己的计划。在电话本上，我找到了他的号码。我在脑子里演练了一番，想客气地说，我正好今天早上捡到的，在马里纳里路边上。这是您的驾照，如果不觉得太晚的话，我给您送下来吧。然后，我会跟他坦白，我多看了一眼，看到了他的生日，想祝他生日快乐。真心祝您生活快乐，卡拉诺先生，祝您生日快乐。刚刚过了十二点，我敢说，我是第一个祝您生日快乐的人。

真是很可笑。我从来都没有学会嗲声嗲气地跟男人说话。我很客气、礼貌，但没有温度，也不会卖弄风情，整个青春期都为此烦恼。现在我快要四十岁了，我想我可能学会了一些东西。我拿起了听筒，心跳得厉害，又愤怒地放下听筒，电话里是呼啸的声音，没有信号。我把电话拿起来，试着拨了一下号码，还是各种杂音。

我感觉眼皮沉重，真是没有希望，夜晚的炎热和孤独让我心如死灰。这时候，我仿佛看到了我丈夫，他现在怀里抱着的并不是一个陌生的女人。我知道她长着什么样的面孔，她很美，耳垂上戴着耳环，她的名字是卡尔拉，她年轻而放浪。他们俩赤身裸体，不慌不忙地干。他们会大干一个晚上，就像最近几年，在我不知道的情况下，他们在一起那样。我每一声痛苦的呻吟，对应的都是他们充满快感的喘息。

我决定了，不再忍受痛苦。对于他们在夜晚发出的欢愉叫声，我要进行报复。我不是一个因为遭遇遗弃、丈夫不在就会变得粉身碎骨的女人，会发疯，会死去。只是有几块碎片从我的身体迸了出去，除此之外，我安然无恙。我是完整的，我会保持完整。对于那些伤害我的人，我会以牙还牙。我是一副牌里带剑的“8”，是带刺的马蜂，是一条黑色的蛇，我是穿过火焰也不会烧伤的动物。

17

我选了一瓶葡萄酒，把家里的钥匙放在口袋里，没有整理头发，就来到了楼下。

我很坚定地摁下了门铃，摁了两次，两声漫长的电铃，回荡在卡拉诺的家里。四周恢复了寂静，我觉得很不安，我听到了懒散的脚步声，然后是一阵寂静。卡拉诺在猫眼里窥视着我，钥匙在锁眼里转动，他是一个在晚上也会害怕的男人，也像单身女人一样，把门反锁得紧紧的。我想在门打开之前，快步跑回家。

他穿着浴衣出现在我面前，消瘦的脚踝赤裸着，拖鞋上有某个宾馆的标识，那应该是和乐队一起出去演出时，和肥皂一起顺手带回家的。

“生日快乐，”我赶紧说，脸上并没有露出微笑，“祝您生日快乐。”

我把手上的葡萄酒递了过去，另一只手上是驾照。

“这是今天早上，我在小路的尽头捡到的。”

他很迷惑地看着我。

“我说的不是酒，”我声明说，“是驾照。”

只有在这时候，他才仿佛明白过来，有些忐忑地说：

“谢谢，我一直找不到，都不抱任何希望了。您要进屋里坐坐吗？”

“也许太晚了。”我小声说，觉得一阵恐慌。

他露出一个尴尬的微笑，回答说：

“是很晚了，是的，但是……请进吧。我很高兴……谢谢……家里有点乱……进来吧。”

我喜欢他的语气，他有些羞怯，还想展示自己是见过世面的男人，但不是很坦然。我进去后，关上了身后的门。

进入之后，我神奇地发现自己忽然很自在。在客厅里，我看到了一个很大的乐器盒子靠在角落里。我觉得那是个我很熟悉的存在，就好像五十年前的女佣人，是乡下那些身材粗壮的女人，她们来到城里，帮着富人家带孩子。家里当然很凌乱（地上丢着一份报纸，烟灰缸里有一个不知道什么时候客人丢的烟头，桌子上放着一个喝过牛奶的杯子），但那是单身男人的凌乱，并没有让人不舒服。另外，空气中散发着肥皂的气息，能闻到洗完澡后干净的热气。

“不好意思，我穿着浴衣，因为刚才……”

“没关系。”

“我去拿杯子，我还有橄榄、咸饼干……”

“我只想和您一起喝一杯，为您庆祝一下。祝您生日快乐，身体健康。”

也为我的健康干杯。为痛苦干杯，祝马里奥和卡尔拉的性与爱早日遭遇痛苦。我应该习惯于说他们俩的名字，他们的名字连在一起，是新的一对。以前大家都说“马里奥和奥尔加”，现在要说“马里奥和卡尔拉”。我希望他忽然蛋疼，腰部损伤，浑身腐烂，散发着背叛的恶臭。

卡拉诺拿着杯子过来了，他用开瓶器打开了葡萄酒瓶，等了一下，然后倒了一些酒在杯子里。这时，他说了一些客气话：我的孩子都很漂亮，他经常从窗子那里，看到我和他们在一起，我很会照顾他们。他没提到狗，也没有提到我丈夫。我感觉，他受不了狗，也受不了我丈夫。但在当时的情况下，出于礼貌，他觉得这些话不应该说出来。

喝了第一杯酒之后，我自己提到了狗和我丈夫。奥托是条好狗，但说实在的，如果是我做决定，我永远都不会在家里养狗，因为狗在楼房里会很不自在。我丈夫坚持要养，他自己承担了照顾狗的责任，就像其他责任一样。但最后，暴露出来他是个卑劣、不负责任的男人。我们对于别人一点儿也不了解，即使是那些和我们一起生活、无话不谈的人。

“我不了解我丈夫，就像我不了解您一样，没什么差别。”我感叹了一句。灵魂只是一股很不稳定的风，卡拉诺先生，是声带的震动，只是为了假装是一个人，某个东西。我对卡拉诺说，马里奥离开了，他现在和一个二十岁的小姑娘一起生活。他背叛了我，整整五年的时间他们在偷偷来往，他是个双面人，两套说法。现在他离开了，把所有麻烦事儿都甩给了我：我要照顾他的两个孩子，照顾家里，还有那条狗——愚蠢的奥托。我实在受不了了。这和马里奥没什么关系，我真是被那些责任压得喘不过气来，不是因为别的。以前我们分摊那些责任，现在我一个人承担。即使是那些责任，也没能让我们的关系延续，让我们继续在一起。这是陈词滥调了，为什么应该是我，负责让我们之间的关系保持活力。我厌烦了这些陈词滥调。我还要承担这个责任：搞清楚我们到底是哪里错了。那折磨人心的心理分析，我不得不为马里奥也做了。他不想深挖，不想改变自己，改过自新。他好像被那个金发女孩迷惑了，我却要承担起分析的责任。我一点点分析我们一起生活的这十五年，我晚上就在做这件事。假如他回心转意的话，我想要做好准备，这样可以很快重新开始，就好像什么也没有发生过。

卡拉诺坐在我旁边的沙发上，尽量用浴袍盖住脚踝。他喝着杯子里的酒，很专心地听我说话。他一直都没有插话，但他能传递给我一种感觉，就是他在倾听。他让我觉得每一个字都没有白说，一丝情感都没有白费。我想哭的时候，也不会觉得羞耻，会毫无顾忌地哭。我确信他能明白我的处境，我内心在经历动荡，非常强烈的痛苦。我的眼泪就像水晶的碎片，那是我长时间珍藏在秘密之所的水晶物品，现在因为那场动荡，它碎成了成千上万块，让人心痛。我感觉到眼睛、鼻子很疼，但我无法停下来。我很感动，因为我发现卡拉诺也忍不住要哭了。他的下嘴唇在抖动，眼睛亮晶晶的，小声安慰我说：

“太太，别这样……”

他的敏感让我很心动，我流着眼泪，把杯子放在地板上，开始安慰他，虽然我是那个需要安慰的人，我挨近他的身体。

他什么都没有说，很快给我递过来一张纸手帕。我低声说，对不起，我实在太沮丧了。他说，我应该平静下来，他见不得我难过。我擦干了眼泪、鼻子、嘴，靠在了他身上，终于安静了一会儿。我把头轻轻靠在他胸口上，一个胳膊搭在他的腿上。我从来都没有想到，我会在一个陌生人面前做出这种事，我又哭了起来。卡拉诺小心翼翼，很羞怯地用一只胳膊环绕着我的肩膀。他家里有一种温柔安静的气息，我平静了下来，闭上了眼睛，我很累，想睡一会儿。

“我可以这样待一会儿吗？”我问，声音小到无法察觉，就像一阵呼吸。

“可以。”他回答说，声音有一点沙哑。

也许我躺了下来。有那么一刹那，我觉得自己是在卡尔拉和马里奥的房间里，让我最不安的是性欲的味道。这时他们一定还没有睡，他们的汗水一定打湿了床单，一个人的舌头贪婪地深入到另一个人的嘴里。有个东西掠过了我的脖子，可能是卡拉诺的嘴唇，我忍不住一惊。我有些不安地抬起脸，他吻了我的嘴唇。

现在我知道那种感觉是什么，我当时一下子并没有明白。我只是感觉很糟糕，就好像他向我发出了一个信号，从那一刻开始我觉得越来越恶心。实际上，我首先感到的是对自己的愤恨，为什么我会在那里，为什么我没有告辞，为什么我决定去那里，为什么我觉得自己脱不了身了。

“我们开始吗？”我用一种假装的愉快语气问。

卡拉诺露出一个忐忑的微笑。

“没人强迫我们。”

“你想后退吗？”

“不想……”

他又把嘴唇贴到了我的嘴唇上，但我不喜欢他嘴里的味道。我甚至不知道是不是真的讨厌，我只是觉得，他的味道和马里奥很不一样。他把舌头伸到了我的嘴里，试探着，微微闭着嘴唇。我用舌头掠过他，他的舌头有点粗糙，活生生的，感觉像某种动物的舌头，就像有时候在屠夫那里看到的巨大的、让人有些恶心的舌头，没有一点诱惑力。卡尔拉的味道和气息会不会和我一样？或者马里奥一直都很讨厌我的味道，就像我现在感受到的卡拉诺的味道？经过这么多年，他只有在卡尔拉的身上，才找到了适合他的东西？

我把舌头伸入到了那男人的嘴里，带着急迫和贪婪，探索了很长时间，就好像要在他的喉咙里追寻某个东西，要在它落入食道之前勾住它。我用胳膊搂住了他脖子后面，用身体把他推到了沙发的一角上。我吻了他很长时间，我睁大了眼睛，看着房间里的物品，想要描述它们，紧紧专注于它们。我担心自己闭上眼睛，就会看到卡尔拉肆无忌惮的嘴，她一直都有那种肆无忌惮的劲儿，在十五岁时就已经那样了。不知道马里奥有多喜欢她，他睡在我身边，不知道做梦怎么梦到她。他会醒来吻着我，就像吻着她。他会躺下去，重新睡过去，他发现那是我的嘴，通常的那张嘴，没有新味道，是过去年份的嘴。

我的吻让卡拉诺感到，任何迟疑都已经结束了。他用一只手扶着我的后颈，想要我吻得更深，更有力。最后我松口了，他用潮湿的吻，亲着我的脸颊、眼睛。我想，他在仔细地探索，很有次序，他甚至亲了我的耳朵，声音在我的耳膜上回荡，很不舒服。最后他吻了我的脖子，他用舌头仔细探索了脖子上的发际，同时用他的大手抚摸着我的胸脯。

“我的胸很小。”我轻声说，但很快我很后悔自己说了那句话。那就像在请求原谅：对不起，我不能给你一对大乳房，我希望你这样也能享受。我多么愚蠢，如果他喜欢小奶子，那就好，如果不喜欢，那算他倒霉。一切都是免费的，真是天降好运，让这个混蛋捡了便宜，这是像他这个年纪，能得到的最好的生日礼物了。

“我很喜欢。”他轻声说。他用一只手解开我的衬衣扣子，掀开我的文胸，想要轻咬我的乳头，吮吸它们。但我的乳头很小，乳房也很难抓住，又滑进了文胸里。我说，等一下，我把他推开，站起来脱了上衣，解开了文胸。我愚蠢地问他，你喜欢吗？我的不安在增强，希望得到他的认可。

他看着我，叹息了一下，轻声说：

“你很美。”

他真的是叹息了，就好像在控制激动的心情，或者是出于某种怀念。他用指尖轻轻推了我一下，让我躺在沙发上，这样他就能更好地欣赏我。

我向后倒去，从下面看着他。我注意到他的脖子开始衰老，出现皱纹，他刚刚剃过的胡子泛着白光，眉毛间有很深的皱纹。也许他说的是真的，他真被我的美迷住了，或许那仅仅是用来装点性欲的套话。也许，虽然我丈夫把我的情感、美貌揉成一团，像包过礼物的纸一样扔进了废纸篓，但我依然很美。是的，我依然可以让一个男人疯狂，我还有这样的能力，马里奥逃到了另一张床上，逃到了别人的肉里，但这无损我的美丽。

卡拉诺弯着腰，舔了舔我的乳头，吮吸了一会儿。我试着放松下来，投入其中，我想抹去胸中的绝望和不适。我小心地闭上了眼睛，他呼吸的热度、落在我皮肤上的嘴唇，让我发出一阵呻吟，像是在鼓励我自己，也是在鼓励他。我希望他能感觉到，我的快感在增强，尽管那是个陌生男人，也许是个没什么天分的乐手，没有任何优秀品质，没有任何特别吸引人的地方，因此他过着无味的单身生活。

我感觉他在亲吻着我的肋骨、肚子，甚至在肚脐眼那里也停顿了一下。我不知道那里有什么特别的，他用舌头在探索时，我感觉很痒。他站了起来，我睁开眼睛，看到他头发凌乱，眼睛明亮，脸上是一副做了坏事的小男孩的表情。

“告诉我，你喜欢我。”我呼吸急促，坚持说道。

“我喜欢你。”他说，但激情降低了。他把手放在我的膝盖上，打开了我的腿，他的手指伸到了我的裙子底下，抚摸了我的大腿内部，动作很轻，就好像在探索一口黑漆漆的深井。

他看起来不慌不忙，但我希望能快一点。我想，孩子可能醒过来了，或者马里奥在我们今天激烈的冲突之后，害怕了，想清楚了，决定在当天夜里回到家里。我仿佛听到了奥托欢快的叫声，我正想说，狗在叫，但我觉得有些不合时宜。这时卡拉诺刚撩起了我的裙子，正在用手心摩挲我的内裤中间，用手指摁压着，隔着内裤，想要探入深处。

我呻吟了一下，想帮助他把内裤脱掉，但他制止了我。

“别，”他说，“等一下。”

他把我的内裤挪开，用手抚摸着我赤裸的私处。他食指伸了进去，小声嘀咕了一句：

“是的，你很美。”

里里外外，到处都美，这就是男性的幻想。不知道马里奥是不是这样，在我面前，他从来都没有这样迟缓过。但也许，他现在也这样，在漫长的夜里，在别的地方，他会打开卡尔拉消瘦的双腿，眼睛看着被内裤半遮盖着的地方，迟疑着。看到这个淫荡的姿势，他的心脏在疯狂跳动，会用手指让它变得更淫荡。哦，我让那个男人抚摸我的私处，不知道我现在的动作有多放荡。他带着一种好奇心，用我的体液弄湿手指，因为没有爱，有些不情不愿。卡尔拉——马里奥一定是那么想的，现在我确信，他是那么想的——她是个陷入爱情的年轻女人，把自己的身体献给情人。任何一个动作、一声叹息都不粗俗、不苍白，即使是那些最粗俗的话，都不会影响到他们交媾。我可以说任何话，这都不算什么。只是我在沙发上的模样，此刻的样子很不得体，卡拉诺粗大的手指，在我黏糊糊的身体深处摸索，想激起我的快感，我在亵渎自己，让自己蒙受耻辱。

我又想哭，但我咬着牙坚持，不知道怎么办才好，我不想又泪流满面。我扭动着腰，摇着头，呻吟着说：

“你要我吗，你真的要我吗？告诉我……”

卡拉诺点了点头，他把我一边腰推起来，让我侧着身子，把内裤脱了下去。我想，现在我应该离开了。我想知道的，我已经知道了：男人还很喜欢我。马里奥把一切都带走了，但没有把我带走，没有把我的人，没有把我诱人、漂亮的面孔带走。“不要碰我屁股。”他咬了咬我的屁股，舔了一下。

“不要碰我屁股。”我说着把他的手指推开了。他抚摸我的肛门，我推开了他的手。不要。我躲开了，把一只手伸向了他的浴衣。

“我们进入主题吧，”我感叹说，“你有避孕套吗？”

卡拉诺点了点头，但他没有动。他的手又落在了我的身上，忽然有些沮丧，他的头靠在沙发的靠背上，盯着天花板。

“我什么感觉也没有。”他小声说。

“你感觉不到什么？”

“我没有勃起。”

“从来没有吗？”

“不是，只是现在。”

“从我们开始吗？”

“是的。”

我羞红了脸。他吻了我，拥抱了我，抚摸了我，但他没有勃起，我没能让他热血沸腾。他让我动了欲，他却无动于衷，真是混蛋。

我打开了他的浴袍，我不能离开了，在五楼和六楼之间已经没有台阶了，如果我要上楼去的话，只能看到深渊。

我看着他又小又苍白的阴茎，几乎隐藏在黑色的毛发中间，在两个沉重的睾丸中间。

“不用担心，”我说，“你太激动了。”

我站了起来，脱掉了身上的裙子。我全身赤裸，但他甚至都没有觉察到，依然盯着天花板。

“现在你躺下，”我假装平静，命令他，“你要放松下来。”

我把他推倒在沙发上，让他仰卧着，到那时为止，那是我一直保持的姿势。

“你的避孕套在哪里？”

他有些忧伤地微笑了一下。

“我们已经用不上了。”他有些沮丧地指了指一个柜子。

我来到那个柜子面前，一个个打开抽屉，找到了避孕套。

“但你喜欢我啊……”我回到他跟前，坚持说。

他用手背轻拍了一下额头。

“是的，在脑子里。”

我有些生气地笑了，说：

“你应该到处都喜欢我。”我背对着他，坐在他胸口上，开始抚摸他的肚子，渐渐顺着他黑色的体毛向下探索，一直到他的性器周围。卡尔拉在搞我的丈夫，我都不能搞一下这个单身男人，这个没有任何机会、抑郁的乐手。对于他来说，这应该是他五十三岁生日的一个惊喜。卡尔拉控制着马里奥的阴茎，就好像那是属于她的，让他进入自己的身体，前面后面，他没在我身上试过的地方。我呢，只能在这黯淡的身体前慢慢变冷。我抓住他的阴茎，把包皮推开，看看里面有没有损伤，我把它放在了嘴里。过了一会儿，卡拉诺开始呻吟，我觉得像轻声的嘶叫。很快，他的肉开始膨胀，顶着我的上颚。这就是他想要的，混蛋，这就是他期待的。他的阴茎终于从肚子下面伸了出来，搞得我肚子疼了好几天——用马里奥之前从来没有过的猛击。我丈夫不知道怎么应付那些真正的女人，只敢面对那些二十岁左右的小婊子：没有头脑，没有经验，不会说放肆的话。

卡拉诺在抽搐，他对我说等一下，等一下，等一下。我把身子向后伸，直到我的下身对着他的嘴。我放下他的阴茎，转过身，用鄙夷的眼神望着他说：“亲我。”他非常投入地亲吻着我，我听见他的嘴在我下面发出的吧唧声，他真的是字面上理解了我的意思。老混蛋，我对马里奥说的隐喻，很明显在他那里行不通。他误解了，他不知道我的要求是什么。卡尔拉能不能理解我丈夫的建议，谁知道呢。我用牙咬开了避孕套的包装，给他套上，说，上来吧。我对他说，你喜欢我的屁眼吗，开垦一下吧。我和我丈夫从来都没试过，我想给他讲所有细节。

我的男邻居艰难地从我身下起来，我依然匍匐在那里。我心里笑着，想象着告诉马里奥这一切时他脸上的表情，我忍不住想笑。当感觉到卡拉诺在用力向我进攻，我才停止了笑。我忽然感到一阵害怕，我屏住了呼吸。像动物一样的姿态，动物的液体，人的邪恶背叛。我转过身看着他，也许是想求他，不要听我的，让他算了。我们的目光交织在一起。我不知道他看到了什么。我看到一个不再年轻的男人，他的浴袍打开着，脸上全是汗水，嘴唇因为专注而紧闭着。我对他说了句什么，我不记得我说了什么。他嘴唇张开了，张大了嘴巴，闭上了眼睛，软塌塌地趴在了我的肩上。我侧着身子，看到白色的精液涌向了避孕套的内部。

“算了吧。”我喉咙里忽然发出一声干笑，我说。我把他软塌塌的阴茎上的避孕套取了下来，丢掉了，在地板上留下黏稠、有些发黄的印子，“你没打中目标。”

我重新穿上衣服来到了门口，他紧了紧身上的浴衣，跟着我来到了门口。我为自己感到恶心。在离开之前，我小声说了一句：

“对不起，是我的错。”

“才不是，是我……”

我摇了摇头，挤出一个微笑，做出善解人意的样子。

“我用屁股那样对着你，马里奥的情人当然不会那么做。”

我慢慢走上台阶。在栏杆旁边，我看见那个弃妇蜷缩在一个角落里。在很久之前，她用阴沉的语调，严肃地对我说：“我一干二净，大家都知道我的牌。”

在防盗门前，我好几次搞错了钥匙的顺序，摸索了很长时间。当我进到家里，反锁门时又浪费了一些时间。奥托很高兴地过来欢迎我，但我没有理会它，我去洗了个澡。发生的所有事情，我都活该。我在水流下呆呆地站着，脑子里在骂自己很难听的话，也都是我应该得的。我大声对自己说了一句“我爱我丈夫，所有这一切都是有意义的”，才平静下来。我看了一眼表，那时已经两点十分了。我躺在床上，关了灯，马上就睡着了，这出乎我的意料。我睡着的时候，脑子里依然回荡着那句话。

18

当我重新睁开眼睛，已经是五个小时之后了，那是八月四日，星期六的早上七点，我费了很大劲儿，才意识到自己身处何处。我正在开始我被抛弃后最艰难的一天，但当时我还不知道。

我伸出手去摸马里奥，确信他就睡在旁边，但我身边空荡荡的，就连他的枕头也没有，是我自己放起来了。我觉得床一下子变大、变短了。也许是我变长了，我想可能我瘦了。

我的感觉有些迟钝、麻木，就好像新陈代谢出了问题，手是肿的。我看到我睡前没有像往常一样，把戒指摘下来放在床头柜上。戒指卡在无名指的肉里，我觉得那是全身都不舒服的源头。我小心翼翼地用口水把手指弄湿，但戒指还是摘不下来，我感觉嘴里全是金子的味道。

我盯着一块天花板，感觉很陌生。我面前是一面白墙，不是我每天早上看到的、占据整面墙的大衣柜。我感觉脚下空荡荡的，脑袋后面也没有靠背。我的感觉很迟钝，在我的耳膜和世界之间，我的手指和床单之间，好像有一层棉絮、毛毡、绒布。

我尝试聚集力量，用肘关节支撑着身体，小心地起身。我不希望一个猛烈的动作，撕裂身下的床、房间，或者是让自己撕裂，就像从瓶子上撕下标签。我很难动弹，可能昨晚在梦中很不安，我躺在通常那个角落里，身体空荡荡的，裹着汗津津的床单滚来滚去。这是从来没有过的事，通常我总是蜷缩在自己那边，一直保持一个姿势。但我不知道为什么，两个枕头都在我右侧，衣柜在我左侧。我又精疲力竭，躺倒在床单上。

这时有人敲门，是伊拉丽亚，她满脸困倦，穿着一条开线的小裙子。她说：

“詹尼吐在了我的床上。”

我没有抬头，只是斜着眼睛看着她，有些不太情愿。我想象着她是个老太太，线条已经变形，快要死了，或者已经死了，但她依然是我的一部分。女孩的出现，她是我曾经的样子，或者是我可能曾经的样子。为什么要用“可能曾经”呢？我脑子里快速闪过一些黯淡的画面，完整的句子，但说得很快，像一阵低语。我发现我用不对时态，都怪我早晨醒来时心里很凌乱。我想时间是呼吸，今天轮到我，过一会儿轮到我女儿，也发生在我母亲身上，我所有的女性先人，也许会同时发生在我们身上，还会再发生。

我决定起身，但好像命令忽然中断了："起来"成了一种意愿，很不情愿地传递到我的耳中。生为女孩，然后长成一个小姑娘，我等待一个男人，现在失去了丈夫，我到死都会很不幸。昨天夜里，我在绝望中吮吸了卡拉诺的阴茎，为了抹去我遭到的羞辱，我浪费了多少自尊。

"我马上来。"我说，但我没动。

"你为什么睡成这个样子？"

"我不知道。"

"詹尼把嘴放在我的枕头上了。"

"那有什么？"

"他把我的枕头和床都弄脏了。你要给他一个耳光。"

我依靠意志力支撑，从床上起来，就像在没有足够力气的情况下举起重物。我没有意识到，重压着我的其实就是我的身体。我感觉身体像铅一样沉重，我不想一整天都支撑着它。我打了个哈欠，先把头转向右边，再转向左边，又一次尝试把戒指从手上摘下来，但没有成功。

"如果你不惩罚他，我就会拧你。"伊拉丽亚威胁我说。

我来到了两个孩子的房间，特意用了缓慢的动作。我女儿走在前面，很没有耐心。奥托叫了一声，哼唧着，我听见它在挠门，那是把卧室和客厅隔开来的门。詹尼躺在伊拉丽亚的床上，像我昨天晚上看到的那样，身上的衣服整整齐齐，但他浑身都是汗，脸色苍白，眼睛紧紧闭着，但他很明显醒着。薄薄的被子上溅上了发黄的液体，地上也有一摊。

我什么也没说，感觉不需要说什么，内心也没什么反应。我来到了洗手间，在洗手池面前吐了一口口水，漱了漱口。我拿了一块抹布，特意用了很平静的动作，但我觉得那个动作太快了，违背了我的意愿。我感觉剧烈的动作会让目光斜视，两只眼睛很不协调地转向两边，像抽搐，会让周围的墙壁、镜子、家具，所有一切都跟着动起来。

我叹了一口气，那是很长的一声叹息，我的目光停留在那块抹布上，让我可以停止恐慌。我回到了两个孩子的房间里，蹲下身子开始打扫，发酸的呕吐物，让我想到了我给孩子喂奶、喂辅食时，有时他们会突然吐奶。当我慢慢擦去地上儿子的呕吐物，我想到了那个那不勒斯女人，几个哼哼唧唧、跟在她身后的孩子，她总是用糖果哄他们。从某个时刻开始，那个被抛弃的妻子也开始生那几个孩子的气。她说，他们让她身上全是妈妈的味道，这把她毁掉了。因为他们的缘故，丈夫才离开了。他们先是让你肚子鼓起来，让你的乳房胀起来，然后他们没有一点儿耐心。我记得她说了类似的话。我母亲小声重复着这些话，语气沉重，很认同这些话，她不想让我听到，但我还是听到了，包括现在，我感觉自己有双重听力。我是那时的小姑娘，在桌子底下玩儿，偷那些金属片放在嘴里吮吸；我还是今天早上的成年女人，在伊拉丽亚的床旁边，很机械地完成一项烦人的任务。然而，我耳朵还是敏锐地听到，黏糊糊的抹布拭擦地板的声音。马里奥是个怎么样的男人？我觉得他很温柔。在我怀孕时，他没有表现出特别的厌烦情绪。可能事情刚好相反，我怀孕时，他更频繁地想要做爱，我也很乐意。我一边清理地板，一边在心算一些无情的数字。伊拉丽亚一岁半时，卡尔拉出现在我们的生活里，当时詹尼不到五岁。那时我已经不工作了，没有任何工作，也不写作，至少那五年都是这种情况。我生活在一座全新的城市里，对我来说是全新的，没有亲戚可以求救。即使在城里有亲戚，我也不会请求他们帮忙，我不是那种会求人帮忙的人。我买菜，做饭，收拾屋子，拖着两个孩子，无论是在家里还是在外面，总是精疲力竭、手忙脚乱。我会操心各种食品的过期时间，去办理收入申报，我会跑到银行、邮局办事。我晚上会在笔记本上记账，收入和支出，记下我花的每一分钱，就像我是个会计，要让公司老板看到每笔账目。在记账的间隙，在那些数字中间，我还会写下一段段话，写上我的感受：我像孩子反复咀嚼的一块食物，活的食物，不断搅拌，软化它活的成分，让两个贪婪的吸血鬼获得滋养，他们在我身上留下胃液的味道。喂奶真恶心，这是一种动物性的功能。还有他们吃了辅食之后，甜腻腻的温热气息。虽然我反复洗澡，那种妈妈的难闻气味依然附着在我身上。有时候，马里奥贴在我身上，我在昏昏欲睡中，他工作也很疲惫，他抱着我，会毫无激情地要我，在我几乎没有任何投入的身体上折腾。我身上全是奶味、饼干、面糊糊的味道，在没有意识到的情况下，用他的绝望靠近我的。我想那就像一种乱伦，我被詹尼的呕吐物搞得有些晕，我是遭到亵渎的母亲，而不是情人。那时，他已经在别处寻找适合恋爱的对象了，他抑制了自己的内疚，变得阴郁，喜欢叹息。卡尔拉在恰当的时候出现在家里，成为他无法满足的欲望的寄托。她那时比伊拉丽亚大十三岁，比詹尼大十岁，比躲在桌子底下听母亲讲马志尼广场的弃妇时的我大七岁。马里奥应该以为，她代表的是未来，但实际上，他渴望的是过去。我已经给了他一个女人的青春，他现在很怀念那段时光。我自己可能也觉得，会给他未来，我鼓励他相信这一点。但我们都没有想清楚，尤其是我。我在等待，在照顾孩子、马里奥时，我在等待永远都不会来的时光。那是我怀孕之前的日子：年轻苗条，充满活力。我有点不可一世，认为自己可以成为一个流芳百世的人物。不，我吃力地站了起来，握着抹布想：从某个时刻开始，未来只是重温过去的一种需求。我需要马上复习一下语法时态。

19

“好恶心啊。”伊拉丽亚说。我拿着用过的抹布去洗手间冲洗，她有些夸张地向后退去。我想，如果我尽快做些日常家务，会很快好起来。我要把衣服洗了，把那些白色的和彩色的脏衣服分开，启动洗衣机。我需要平息内心，让思维平静下来。那些语言、情景的碎片融合交织在一起，在嗡嗡响，就像一群马蜂，让我的行动出错。我很仔细地冲洗了抹布，用肥皂涂抹了戴戒指的地方。我手上戴着一枚婚戒，还有一枚镶嵌着蓝宝石的戒指，那是我母亲给我的。我慢慢把戒指取了下来，但我没觉得轻松，我的身体还是肿的，好像血管打了结，并没有打开。我用机械的动作，把戒指放在了洗手池边上。

我回到两个孩子的房间里，心不在焉地附身，用嘴唇试探詹尼的额头。他发出一声痛苦的呻吟，说：

“我的头很疼。”

“起来吧。”我无动于衷地命令他。他惊异地看着我，看到我对他的痛苦毫不在意，他艰难地起来了。我用佯装的平静，把他躺的床单换下来，又重新铺上干净的。我把脏床单、枕巾放在了脏衣篓里。这时我才想起来告诉他：

“躺到你床上去，我去找体温计。”

伊拉丽亚坚持说：

“你应该扇他一个耳光。”

我在找温度计，没有理会她的请求。她忽然拧了我一下作为惩罚，然后注意观察我，想看看我有没有觉得疼。

我没有反应，拧我有什么用呢，我什么感觉也没有。她还在坚持，因为专注用力而满脸通红。我找到了体温计，用手肘轻轻推开了她，回到了詹尼的身边。我把体温计放在了他腋下。

“夹紧了，”我指着墙上的钟表说，“十分钟后，我再给你取下来。”

“你放错了。”伊拉丽亚用挑衅的语气说。

我没理会她，但詹尼检查了一下，用谴责的目光看了我一眼，给我展示出放在腋下的一头，而不是有水银的那头。注意！只有注意力才能帮助我。我把温度计放好了，伊拉丽亚表现得很满意，她说：“是我发现的。”我点了点头，好吧，我错了。因为——我想——我总是要同时做无数件事，在近乎十年的时间里，你们让我不得不过这样的生活。另外，我现在还没彻底醒过来，我没喝咖啡，也没吃早饭。

我想煮壶摩卡，把咖啡壶放在煤气灶上，想给伊拉丽亚热牛奶，想看看洗衣机的情况。但我忽然意识到：奥托在叫，它一直在挠门。刚才为了专心照顾儿子，我已经把它的叫声从耳膜上抹去了，现在狗发出的不是叫声，像是电击声。

“我马上来。”我大叫了一声。

前一天晚上——我意识到——我没出去遛狗。我忘记了，狗昨天晚上应该叫了一夜，现在它快要疯掉了，它有自己的需求。我也一样，我的皮囊里装着活生生的肉，充满了残渣，膀胱很胀，肚子很疼。想到这一点，我并没有一丝自我怜悯，而是在陈述一个冰冷的事实。我脑子里纷乱的声音在一下下刺激着我，还有我的皮囊：孩子吐了，我头疼，温度计在哪里？汪！汪！汪！狗在叫，我要采取行动。

“我带狗出去一下。”我大声告诉自己说。

我给奥托戴上项圈，锁上门，有些艰难地把钥匙从锁眼里抽了出来。来到楼道上，我才意识到，我还穿着睡衣和拖鞋。经过卡拉诺的门口时，我才意识到这一点，我露出了一个厌烦的表情。他一定还在睡觉，弥补昨天夜里的疯狂之举。我在乎他干什么，他看到了我真正的衣服——我快要四十岁的身体，我们的关系很私密。至于其他住户，他们要么早就出去度假了，要么在星期五下午就去山上或海边度假了。如果马里奥没离开，我们一家四口也一样，像之前，也在一个月前就去某处海边度假了。楼里空荡荡的，八月就是这样。我想对着每家的门吐舌头，做不屑的表情、肮脏的手势。我才不用管他们呢。幸福的小家庭，自由职业赚来的钱，本应该是免费的东西，大家卖了高价钱，这就是我们幸福生活的根基。就像马里奥，他通过出卖自己的想法、聪明才智，还有上课时富有说服力的声音，让我们过上了好日子。伊拉丽亚从楼道里对我喊道：

“我不想闻呕吐的臭味儿。”

我没有回答她，她又进了房子，我听见她使劲把门甩上了。我的天，如果一个人把我拽向一边，那我就不能同时也被拽向另一边，我在这里，就不能在那里。实际上，奥托这时一边喘着粗气，一边扯着我，一级台阶一级台阶走下去。我用力扯着它，我不想奔跑，如果跑起来的话，我会变得粉碎。我走过的每个台阶，都好像会马上消散在我身后，甚至记忆也消散了。栏杆、我旁边的浅黄色墙壁，像瀑布一样很流畅地溜走了。我只看到一段段台阶，在身后留下一道气状的痕迹，我就像一颗彗星。啊，真是糟糕的一天，才早上七点，就已经很炎热了。楼下除了卡拉诺和我的车子停在那里，没有别的车子。也许我太疲惫了，没法进入世界通常的运转秩序中。我不应该从家里出来。我做了什么？我把摩卡壶放在煤气灶上了吗？我给咖啡壶里装好咖啡粉，装满水了吗？咖啡壶拧好了吗？确保煮开之后不会漏？还有给伊拉丽亚的牛奶，我煮上了吗？那是我已经完成的动作，还是有待完成？打开冰箱，取出牛奶的盒子，关上冰箱，把牛奶倒入小奶锅，不要把牛奶盒放在桌子上，而是放到冰箱里，打开煤气，把小锅放在火上。我的操作正确吗？

奥托拖着我从院子的小路上走过。我们经过了一个地下通道，通道的墙壁上写满了各种脏话。公园空荡荡的，河流看起来像是天蓝色的塑料，河流那边的小山呈现出一种黯淡的绿色，路上没有车声，只能听见鸟叫。如果我把咖啡、牛奶忘在了煤气灶上，那全会烧煳。牛奶如果烧开了，会溢出来，把火浇灭，煤气会充满整个房子。我还是想着煤气的事，我有没有打开窗户？或者我打开了，只是我没意识到。那都是日常的行为，只是脑子想了想，以为自己做了，其实并没有。或者说现实中已经做了，但因为是习惯动作，脑子已经意识不到了。我想到了各种可能，很散乱。可能我应该把自己关在洗手间里：我肚子很胀，越来越疼。太阳照亮了叶片的脉络，甚至是每根松针，那是光线耐心工作的成果，我一根根能数得清楚。不，我没把咖啡和牛奶放在煤气上，现在我很确信。我确信这一点。很好，奥托。

现在有两种需求在推动着我：首先，狗强迫我跟着它向前跑；其次，我肚子很疼。狗绳勒着我的手，我使劲向后拉了一下，弯下腰解开绳子。它一下子就冲了出去，就像获得重生一样，迫不及待地要解决自己的需求，像黑影一样消失在眼前。

它对着树木撒尿，在青草间拉屎，追着蝴蝶跑，最后消失在小松林中。不知道什么时候开始，我失去了动物般的能量，可能是青春期过后，我就失去了那种顽强的生命力了。现在我越来越荒芜，我看了看自己的脚踝、腋下，我有多久没祛毛了，没用剃刀了。四个月前我还是香喷喷、娇滴滴的。自从我爱上了马里奥，担心他会讨厌我，我会仔细清洗身体，抹上香汗露，抹去身上任何让人不悦的东西。我要提升自己，想脱离地面，希望他看到我悬在空中，就像那些真正的尤物。如果没有消灭所有难闻的气息，我不会从洗手间里出来。我会打开水龙头，就是不想让他听到我撒尿的声音。我会拼命地搓洗，会用刷子刷，每两天洗一次头发。我觉得，美就是不停地抹去身体的物质性。我希望他能爱我的身体，忘记它是身体，具有身体的味道。美——我带着不安想——就是这种遗忘。哦，或者事情不是这样。我是自己以为他的爱需要这种顽念。我真是不合时宜、落后。这是我母亲的错误，她教育我要精心打扮自己，保持女性的一面。有一次，不知道我感到的是厌烦、惊异，或者是有趣：当时一个年轻的女孩，顶多二十五岁，在一家航空公司工作。我们做了很长时间的室友。有一天早上，她肆无忌惮地放了个屁，她没有觉得不好意思，竟然面带微笑，用愉快的眼神看着我，想获得我的赞许。现在的姑娘会当众打嗝，而且有时候是故意的。除此之外——我记得——我的一个女同学也那么做。她当时十七岁，比现在的卡尔拉小三岁。她经常在舞蹈学校上课，想成为舞蹈演员，人很优秀。课间休息时，她很轻盈地在课桌间翩翩起舞，从来都不会碰到桌椅。为了哗众取宠，或者是为了摧毁她在男生眼中的优雅形象，她用身体发出各种声音，打嗝放屁。女人的野性——我在早上醒来时能闻到——是肉体里发出的气息。我忽然觉得很不安，担心自己会化成一摊水，那是肚子给我的感觉。我不得不屏住呼吸，坐在一张长椅上。奥托消失了，也许它不想再回来了。我有气无力地吹了一下口哨。它在一片无名的浓密树丛里，我觉得那像一幅水彩画，而不是实景。在我身旁和背后是什么树？杨树？杉树？槐树？刺槐？这都是一下子涌入我脑子的名字。我怎么知道？我什么都不知道，连我家楼下的树名都不知道。如果要描述它们，我永远都写不出来什么。那些树干好像用放大镜放大了一样，在我和那些树木之间，没有距离。但讲述的原则，首先要求我拿一把尺子、一本日历，计算过去了多长时间，在我们和发生的事情之间有多少距离，还有需要讲述的激情。但我感觉一切都贴在我身上，呼吸对着呼吸。在那种情况下，我觉得有那么一刹那，我穿的不是睡衣，而是一件长袍，上面画着瓦伦蒂诺山的绿植、街道、伊莎贝拉公主桥、河流、我居住的楼房，还有我们的狼狗。所有这一切都压在我身上，我觉得非常沉重，浑身浮肿。我呻吟着站了起来，为肚子疼感到尴尬，我的膀胱很满，再也受不了了。我走路歪歪扭扭，手里攥着家里的钥匙，狗绳拖在地上。不，我对那些树木一无所知，杨树吗？黎巴嫩雪松？地中海松树？刺槐和槐树的差别在哪里？具有欺骗性的语言，一切都是骗局，也许应许之地已经没有了美化现实的语言。我冷笑了一下——我鄙视自己——把睡衣拉起来，蹲了下去，在一棵树后拉屎撒尿。我累了，累了，累了。

我大声说，我累了，但声音很快就消失了，就好像在喉咙深处时，它还活生生的，如果想要说出来，就熄灭了。我听见伊拉丽亚远远朝我呼喊，她的声音传到我耳朵里，已经变得很微弱。

“妈妈，回来吧，妈妈。”

那是个激动不安的小人儿喊的话。我看不见她，但我想象她用手紧紧拉着栏杆，朝我喊话。我知道那个悬在空中的阳台有些让人害怕，她一定是很需要我，所以才跑出来，站到阳台上。也许牛奶真的烧煳了，摩卡壶炸开了，也许是煤气漏了，在家里蔓延。但为什么我要跑去挽救这一切？我带着怨气想：两个孩子需要我，可我一点儿也不需要他们。马里奥也不需要他们，才去和卡尔拉一起生活，他并不需要伊拉丽亚和詹尼。欲望直截了当。也许他的欲望只是断开了，是在一个无边无际的板子上，滑向远处，远离我们。我现在的欲望是沉到底，放弃抵抗，不声不响地让自己沉入血管、肠胃、膀胱里。我发现我在出冷汗，一层冰冷的汗水，尽管早上天气已经很热了。我发生了什么，我很难找到回家的路。

但那时候，有个什么东西掠过我的脚踝，让它变得潮湿，是奥托。它耳朵竖着，舌头吐在外面，用好狼狗的温顺眼神看着我。我站起来，想给它套上项圈，但试了几次都没有做到。虽然它一动不动，只是有点喘，眼神有一点点异样，可能是因为悲伤。最后，我努力集中注意力，把项圈给它套上了。走吧，走吧，我对它说。我感觉我跟着它，紧紧抓住绳子，热风吹在我脸上，我感觉到我干爽的皮肤，还有脚下的土地。

20

我来到电梯跟前，就好像从小松林和那栋楼的入口之间架起了一根钢丝，我是踩着钢丝过来的。我靠在电梯金属的墙壁上，电梯在慢慢上升，我看着奥托，想感谢它。它的腿稍微分开，站在那里有点喘，一丝很细的口水从它嘴里流出来，在地板上画了几个小圈。电梯厢摇晃了一下，停了下来。

我在楼梯间看到了伊拉丽亚。我觉得她很不赞同我的做法，她就像我的母亲从另一个世界赶来，提醒我要尽自己的义务。

“他又吐了。”伊拉丽亚说。

她走在我前面，身后是解开狗绳的奥托，家里没有任何牛奶、咖啡烧煳的味道。我在身后把门反锁上了，很机械地把钥匙插入锁眼里，转了两圈。我的手已经习惯了那个动作，这应该可以避免任何人闯进来，翻我的东西。我应该保护自己，让那些想尽一切办法增添我的义务、指责我、阻止我重新开始生活的人远离我。我忽然闪过一个念头，我觉得，两个孩子也想让我相信这一点：他们身体变得虚弱也是我的错，因为他们和我呼吸同样的空气。詹尼的病就起到了这样的作用，他把问题呈现出来，而伊拉丽亚兴致勃勃地让我看到：他又吐了。是的，那又怎么样呢？这又不是第一次，也不会是最后一次。詹尼和他父亲一样，胃不太好。他们俩都晕船、晕车，只要喝口冷水，吃块太油腻的蛋糕，他们就会不舒服。不知道这孩子昨天偷偷吃了什么，他让我的生活更复杂，让这一天更加沉重。

我看到房间又乱七八糟的，脏床单都堆在房间的一个角落，就好像一堆云彩。詹尼又躺在了伊拉丽亚的床上，女儿在替我照顾他。她现在的表现，就像我小时候在母亲面前的表现：她在模仿她见过的做法。她想摆脱我的权威，取代我的位子。我通常都随便她，但我母亲从来都不允许我那么做。每次我要是学着她的样子，她都会批评我，说我不应该学她。也许，她现在附在我女儿身上，想要展示我的不称职，批判我。伊拉丽亚给我解释了眼下的情况，就像要邀请我进入一场游戏，她在里面是女王：

“我把脏床单放在那里了，我让他躺到我床上。他没有吐特别多，只是这样。”

她模仿哥哥呕吐的样子，在地板上吐了几口口水。

我来到詹尼的跟前，他浑身都是汗，用充满敌意的眼神看着我。

“温度计在哪里？”我问。

伊拉丽亚马上从床头柜上拿起温度计，把它递给我。她不会看温度计，但假装已经获得了信息。

“他发烧了，”她说，“但他不愿意用栓剂。”

我看着温度计，但我无法集中注意力，无法看清楚水银柱指出的度数。我不知道把温度计拿在手里多久，我尽量眼睛聚焦，想要看清楚。我想，我要照顾他，要搞清楚他到底烧到了多少度，但我无法集中注意力。昨天夜里，我的身体一定出了什么问题。可能是好几个月以来，我都一直处于崩溃的边缘，我都硬撑着。现在我正在下坠，就像在梦境中一样，很缓慢。尽管我手里依然拿着温度计，拖鞋踩在地板上，两个孩子充满期待的目光在看着我，我还是感觉自己在下坠。这都是因为我丈夫带给我的痛苦，但现在够了。我应该摆脱记忆的痛苦，抹去那些伤害我的影像，应该把那些脏床单也带走，放进洗衣机，启动之后，看着洗衣机透明的小窗口，衣服、水和肥皂泡在里面转动。

“我三十八度二，”詹尼轻声说，“我的头很疼。”

“他应该用栓剂。”伊拉丽亚坚持说。

“我才不要。”

“那我给你一耳光。”伊拉丽亚威胁说。

“你不能打他耳光。”我插了一句。

“你会扇耳光吗?”

我不会扇耳光，从来都没有扇过，我顶多威胁说我会。可能对于两个孩子来说，威胁要做一件事，和真正去做没什么差别。至少我——现在，我想起来了——我小时候就是这样觉得，可能长大了，我也这样认为。如果我违背了母亲的禁令，就会发生这样的事，我总是无法避免会违背她的意愿。她说到做到，她惩罚我，留下的伤还在疼，我已经不记得当时是为了什么事儿。我能犯什么错，我想犯什么错?我想到了母亲经常说的一句话:“别动，不然我把你的手剪掉。”我翻动她做裁缝的东西时，她会这样说。那些话从她嘴里冒出来，对我来说就像真正的剪刀:很长，是有些发黑的金属剪子。一张刀片的大嘴在我的手腕上闭合，留下一条残缺的手臂，再用针线缝好伤口。

“我从来都没有扇过谁耳光。”

“才不是呢。”

“我顶多说，我会扇你们，说和做之间有很大的差别。”

没有任何差别，我想。我脑子里产生了这个想法，让自己很害怕。为什么我会失去区分的能力?如果我彻底失去了这种能力，落入一个决堤的洪流之中，在这炎热的一天，到底会发生什么事?

“当我说扇耳光时，又不是真的打了你。”我充满耐心地向她解释，就好像面对一个考官，想给她留下一个好印象。我想变得不慌不忙、有条有理。“耳光这个词，不等于耳光。”

与其说是为了说服她，不如说我是想说服自己，我使劲扇了自己一个耳光。我微笑了，不仅仅是那个耳光让我觉得很滑稽，而且我想展现出我很愉快，没什么事儿。但没用，詹尼用床单捂住了自己的脸，伊拉丽亚用惊异的眼神看着我，她眼里马上涌出了泪水。

“你受伤了吗，妈妈?”她痛苦地说，“你的鼻子在流血。”

的确，鼻血滴在了睡衣上面，让我感觉一阵羞愧。

我吸了吸鼻子，去了洗手间。我把门反锁了，不想让女儿跟在我屁股后面。够了，现在要集中注意力。詹尼发烧了，应该做点儿什么。我把一块药棉塞进鼻子里止血，开始在昨天整理好的药品中翻找。我想找到退烧药，但我想我需要一片镇静剂。我感觉自己要出事了，我应该安静下来。我同时能感到对在另一个房间里发烧的詹尼的挂念，对他的担忧正在远离我。我的担忧，没有在头脑里固定下来，就已经抛在脑后了，那就好像眼睛的余光看到的一团蒸汽、一团正在消散的云。

我开始找我需要的镇静剂，但没找到。我把它放在哪里了？昨天晚上的洗手池——我忽然想起来了，真的太愚蠢了。我现在想要洗个热水澡，好放松一下自己，如果可能的话，我还想祛毛，泡澡会让人放松下来。我需要感受水流落在身上的感觉，我正在失去自己。如果我无法抓住自己，那两个孩子怎么办呢？

我不希望卡尔拉碰他们，一想到这一点，我就感到一阵恶心，浑身发抖。让一个小姑娘来照顾我的孩子，她还没有彻底结束青春期，双手沾满了情人的精子，两个孩子也是同样的精子孕育出来的。我要让两个孩子远离马里奥和她，我要自给自足，不接受他们的任何东西。我开始往浴缸放水，先是几滴水落到浴缸，然后水龙头发出催眠的水声。

但我已经听不到潺潺的水声了，我看着旁边的镜子，看着自己，清楚地看着自己，清晰到让人无法忍受。我头发凌乱，眼睛没有化妆，鼻子里塞了一块药棉，沾着发黑的血迹，有些鼓鼓囊囊的。我脸上是一副专注的神情，短短的睡袍，上面沾着血迹。

我想弥补一下，于是开始洗脸，用洗脸棉洗脸。我希望恢复美丽，我感到一种迫切的需求。美丽会让人平静下来，两个孩子会很高兴。詹尼会很快乐，他的病会好起来，我自己也会感觉好很多。我很小心地在眼睛周围涂了卸妆水，用温和的洗面奶洗脸，用了不含酒精的柔肤水、卸妆水，上色，化妆。在一张没有颜色的脸上化妆有什么意思？上色就像在隐藏，颜色最能隐藏表面的东西了。来吧，来吧。从头脑深处涌出来各种声音，马里奥的声音。我沉浸在丈夫的情话里，很多年前的话。幸福、愉快生活的小鸟，他对我说。他喜欢读文学名著，记忆力好得让人忌妒。他用愉快的语气对我说，他想成为托起我胸脯的文胸、我的内裤、我的裙子、踩在脚下的鞋子、我洗澡的水、抹在身上的润肤露、照出我影子的镜子。他用戏谑的语气提到那些经典文学，他是个让人讨厌的工程师，取笑我对漂亮话语的狂热。他也沉迷于那些丰富的表达，他给自己的欲望找到话语，那是他对于我，对镜中女人的情感。一张用粉底、口红打造的面具，鼻子鼓起来了，因为里面塞着药棉，嗓子里有血的味道。

我厌烦地转过身，看到浴缸的水已经溢出来了。我关上了水龙头，把一只手伸了进去，水很冷，我刚才没有检查放出来的水是不是热的。我的脸从镜子前滑走了，我失去了照镜子的兴趣。冰冷的水让我想起了詹尼在发烧、呕吐，还有头疼。我关在洗手间里要找什么？扑热息痛片。我又开始翻找，找到后，我高喊起来，好像在求救：

“伊拉丽亚？詹尼？”

21

我感觉我需要听到他们的声音，但他们没有回应我。我来到洗手间门前，试着打开门，但我没能打开。我记得钥匙应该转向右边，就像关门一样，而不是向左。我叹了一口气，想起来那个动作，我转对了方向，来到了走廊里。

我在洗手间门口看到了奥托，它侧躺在那里，头靠在地板上。它看到我动都没动一下，耳朵没有支棱起来，也没有摇尾巴。我很熟悉它的这个姿态，它为什么事难过、想得到爱抚时，就会摆出这个姿势，表示忧伤和痛苦，它想寻求理解。愚蠢的狗，它也想告诉我：我让人不安，我的毛孔会向家里散布痛苦？可能吗？从什么时候开始？四年或者是五年前？因此马里奥才去找小卡尔拉了？我伸出赤裸的脚，放在狗肚子上，感觉一股热气涌上来，一直传到腹沟。我发现它的嘴边有一圈口水。

“詹尼睡着了，”伊拉丽亚在走廊的尽头小声对我说，“来吧。”

我跨过狗的身体，来到了两个孩子的房间。

“你真漂亮啊。”伊拉丽亚带着真诚的欣赏，感叹说。她把我推到了詹尼跟前，向我展示他睡着了。他额头上放着三枚硬币，睡得很沉，呼吸很深。

“那些硬币很凉快，”伊拉丽亚解释说，“会减轻他的头疼和高烧。”

她时不时取下一枚硬币，放在一杯水里，然后把它捞出来擦干，放在哥哥的额头上。

“他醒来之后，要吃扑热息痛片。”我说。

我把装药的盒子放在了床头柜上，回到了走廊里，想要找些事做，任何事情都可以。我要做早餐。是的。但詹尼不应该吃东西。我应该去看看洗衣机，或者只是抚摸奥托也好。但这时我发现，奥托已经不在洗手间门口了，它决定不再让我看到它满是口水的忧伤。这样最好不过了。假如我的痛苦不会传染，无论是人还是动物，那就是别人的痛苦渗透到了我身上，让我生病。因此——我想，就像是最后的举措——我需要找个医生，我应该打电话。

我强迫自己记住这个想法。我带着这个想法——就像那是一条风中的带子——迈着小心翼翼的步伐，在客厅里走着。凌乱的书桌吸引了我的注意力：抽屉打开着，书放得到处都是。我为新小说做笔记的本子也打开着，我翻了最后几页，看到了我细小的字体。那里抄写着波伏瓦《破碎的女人》，还有《安娜·卡列尼娜》里的内容，我不记得自己曾经抄写过。当然了，从书里摘抄一些片段，那是我的老习惯了，但我不会抄在那个本子上，我有个专门的本子。有没有可能我的记忆正在解体？我不记得我用红笔画出了安娜问自己的问题。当时火车已经快要撞上她、碾碎她："我在哪里？我在做什么？为什么？"这些话并不让我惊异，因为我很熟悉，不知道我把它们抄在本子上做什么。另外我那么熟悉这些话，一定是因为最近我才抄写下来的，是昨天，还是前天？但为什么我不记得我抄写过呢？为什么它们出现在这个本子上，而不是另一个本子上？

我坐在书桌前，想起自己要铭记一件事情，但我不记得是什么事了。一切都溜走了，我什么都抓不住。我看着我的笔记本，在安娜·卡列尼娜的问题下面，用红笔画出来的横线，像是船抛下来的锚。我看了一遍又一遍，眼睛一遍遍经过那些文字，但我并不明白那是什么意思。我的感觉器官出了问题，就像接触不良，感觉断断续续，我的情感也断断续续。有时我听之任之，有时我会害怕。比如说，我找不到答案来回答那些问题。每一种可能的答复，我都觉得很荒谬。我迷失在我所处的地方，在我做的事情里。我在"为什么"旁边沉默不语。我在一夜之间变成了这个样子。也许我不知道是什么时候，经过几个月的挣扎、对抗，我在那些书里看到了自己，我脑子很凌乱，最后彻底坏掉了。一个坏掉的钟表，因为金属芯还在转动，它会破坏所有东西的时间。

22

我感觉鼻子忽然一阵刺痛，我想可能是鼻子又出血了。我很快明白，是家里传出一阵恶臭，我把嗅觉和鼻子的伤口搞混了。我想，詹尼真的病得很重，我站了起来，走到他的房间里。虽然妹妹很勤快，不断更换着他额头上的硬币，但他还是睡着。我慢慢来到了走廊里，小心翼翼来到了马里奥的书房，门虚掩着，我走了进去。

臭味是从那里散布出来的，简直让人无法呼吸。奥托侧躺在那里，在它主人的写字台下面。我走近时，它浑身打了一个颤，嘴里不停地流口水，但眼神还是好狼狗的眼神。虽然我觉得它的眼睛有些发白，有点像用漂白剂漂白了。它身侧是一摊发绿的液体，里面还有血迹。

刚开始，我想向后退，从房间里出去，关上门。我迟疑了很长时间，我意识到，家里的疾病在四处蔓延，正在发生什么事。最后我决定留下来，狗一声不吭地躺在那里，已经不再抽搐了，它的眼皮放下来了。它一动不动，好像在积攒力量，在上好最后一根弦，就像之前的那种老玩具，只要用手指按下一个小杠杆，它就会忽然动起来。

我慢慢适应了房间里的恶臭，接受了那个味道。在短短几秒钟，那摊绿色液体的味道中间，夹杂着另一种味道，那更让我受不了。那是马里奥留下的味道，在他的书房，他的味道封闭在那里。我有多长时间都没进那个房间了？我应该尽早让他把东西都拿走。我愤怒地想，我要把他留在每个角落的痕迹都刮掉。他不能决定离开我，却把他的毛孔散发的气息，还有身体的污渍留在家里。他留下的味道那么强烈，连奥托拉肚子发出的恶臭都掩盖不了。除此之外——我意识到——正是因为那种味道，奥托才用尽最后的力气，用爪子打开了门把手。它也对我很不满，它艰难地走到了这个书桌下，这里它主人的味道比别的地方强烈，对它来说是一种安慰。

我受到了羞辱，比这几个月来我受到的羞辱更强烈。没有良心的狗，我一直在照顾它，没有遗弃它，而是和它在一起，带它出去，让它撒尿拉屎。而它呢，现在要变成一摊烂泥了，还在我丈夫留下的味道中寻求安慰。那个不可靠的男人，叛徒和逃兵。我想，没良心的狗，你就在这儿待着吧，真是活该。我不知道它怎么了，也不关心。它也是我醒来之后的闹心事，倒霉的一天的晦气事。我带着怒火退到了门口，听见伊拉丽亚在身后问我：

“什么东西这么臭？”

她隐约看到奥托躺在书桌下面，就问：

“它也生病了吗？它吃毒药了吗？”

“什么毒药？”我关上门问。

“就是放了毒药的肉丸子，爸爸总是说，遛狗要小心。那是楼下的先生放在公园里的，他讨厌狗。”

她很担心奥托，想打开门看看，但我制止了她。

“它很好，”我说，“只是有些肚子疼。”

她仔细看了我一眼，我想她一定是在猜测我说的是不是真话。她却问我：

“我能不能像你那样化妆啊？”

“不能。你得看着你哥哥。”

“你看着他吧。”她有些不耐烦地说，后退着走向洗手间。

“伊拉丽亚，不要碰我的化妆品。”

她没有回答，我随她去了，我用眼睛的余光扫了她一眼，并没有转身。我拖着步子走到詹尼的房间里。我精疲力竭，觉得我的声音不是真实的，而像是从脑子里发出来的。我把伊拉丽亚放在他额头上的硬币取了下来，用手摸了摸他干巴巴的皮肤，还很烫手。

“詹尼。”我叫他，但他还在继续睡觉，或者在假装睡觉。

他的嘴半闭着，嘴唇很红，就像一道火红的伤口，里面是亮晶晶的牙齿。我不知道是不是应该再抚摸一下他，还是亲吻他的额头，或者轻轻摇醒他。我也在避免思考他生病的缘由：中毒、热感冒、喝了冰冷的东西、脑膜炎。一切都有可能，或者不可能，我很难推断，很难建立次序，尤其是我很难提高警惕。我的想法让我很害怕，我现在不想有想法，我感觉那些想法也带着病毒。我看到奥托的状况，担心自己是所有疾病的源头，最好要避免接触伊拉丽亚，我不应该再碰她。最好的办法是打电话给我们的家庭医生，那是一位年老的儿科医生，还有兽医。我已经打电话了吗？我是想着去打电话，但实际上忘记了？马上打电话给他们！这是规则，只需要遵守就行了。尽管马里奥对疾病的反应一直都让我很烦。他太害怕生病了，有点疑神疑鬼，为一点儿小问题都会打电话给医生。爸爸知道——两个孩子提醒我——住在我们楼下的先生，会把有毒的肉丸放在公园里；爸爸知道发高烧、头疼、中毒的症状出现该怎么办；他知道需要个医生，需要找个兽医。如果他在这里——我忍不住想——他一定会先为我叫医生。但很快我就不那么想了，我心目中那个勤快、马上会解决问题的男人，已经不能为我做什么了。我是个被遗弃的女人，带着废弃的身体。我的疾病，只是我作为女人的生命废弃了，不再有用了。我带着决心走向了电话，给兽医打电话，给医生打电话。我拿起了听筒。

我马上愤怒地放下电话。

我的脑子在哪里?

重新振作，重新抓住自己。

听筒里是通常的呼啸声和各种杂音，没有信号。我知道的，但我假装不知道。或者说我不知道，我已经没有可靠的记忆，已经失去了理解、学习的能力，但我依然假装自己有这些能力。我假装，我逃避对两个孩子、对狗承担责任，带着哑剧般的冷静。

我拿起听筒，拨了儿科医生的电话，没有任何用，电话里还是呼啸的声音。我跪在那里，在桌子下面找插销，我把电话插销拔下来，又重新插上。我又试着打了一次，还是一片杂音。我开始对着话筒吹气，非常用力，就好像我能吹散干扰电话线的呼啸声，但依然没有结果。我放下了电话，很不情愿地来到了走廊上。也许我没明白，我应该尽量集中注意力，应该意识到：詹尼生病了，奥托也生病了。我应该找到一种方法，让自己变得警觉，意识到状况很危急，知道这件事的意义。我用手指数了数，努力地思考着。首先，客厅里的电话坏了，打不通；其次，有个孩子在发高烧，在房间里呕吐；第三，狗的状况也很糟糕，它在马里奥的书房里。但奥尔加你不要激动，不要慌张。你要注意，一激动你可能会忘记手臂、声音、心思。要么，你让地板断开，让客厅和两个孩子的房间永远断开。我问詹尼，也许过于用力地摇晃着他：

“你感觉怎么样?”

孩子睁开了眼睛说：

“打电话给爸爸。”

别再提你们没用的父亲。

“我在这里，不要担心。”

“是的，但你要打电话给爸爸。”

爸爸不在，爸爸知道该怎么办。他离开了，我们只能自己来应对。现在电话坏了，沟通的渠道没有了。也许，我也要走了，我脑子清醒了一会儿。我不知道自己要走上哪条路，迷失的路，而不是出口。孩子明白了，因此他担心的不是他的头疼，不是高烧，而是担心我，担心我。

这让我很难过，我要找到弥补的办法，要保持冷静，不能发疯。我看见桌子上有个金属夹子，用来夹零散的纸张。我把它拿过来，夹在了右胳膊的内侧，也许它会有用，至少有个东西抓着我。

“我马上回来。”我对詹尼说。他坐起来一点，为了看清楚我。

“你的鼻子怎么了？”他问我，“塞了那么多药棉，取下来吧。你为什么在手臂上夹了那个东西？你待在我身边吧。”

他仔细看了看我。他看到了什么？药棉、夹子。他对我的妆容一句话都没有说，他没有觉得我很美。那些大大小小的男人，都不懂真正的美，他们永远在考虑自己的需求。可以肯定的是，他接下来会渴望他父亲的情人，极有可能是这样。我从房间里出去，去了马里奥的书房，我又把手臂上那个金属夹子调整了一下。有没有可能奥托真的中毒了，是卡拉诺投的毒？

狼狗还在那里躺着，在主人的书桌下面。它又拉肚子了，臭味真的让人难以忍受。但现在，不仅只有它在房间里，在书桌后面，在我丈夫的转椅上，在蓝灰色的光线中，坐着一个女人。

23

她把赤裸的脚放在奥托身上，脸色有点发绿，她是马志尼广场上那个被遗弃的女人。那个弃妇——这是我母亲叫她的方式，她仔细理顺头发，就像用手梳头一样。她调整了一下胸前褪色的衣服，太暴露了。她忽然出现，让我目瞪口呆，然后她就消失了。

这是很糟糕的征兆。我很害怕，我感觉白天的炎热正把我推向我绝对不想去的地方。我开始反思，假如那个女人真在房间里，按照推算，我只能是当年那个八岁的小女孩。或者更糟糕：如果那个女人出现了，那个八岁的女孩，对我来说已太陌生了，但她正在占上风。我现在三十八岁，她正在把自己的时间、世界强加给我。那个女孩在努力，从我脚下把我的地盘去掉，用她的地盘取而代之。那只是个开始：如果我跟着她来，如果我听之任之，那我会感觉到那天在那栋房子里有不同的时间，有很多场景、人和事，还有不同的自己会同时出现。真实的时间、梦境、噩梦，一直构成一个密集的迷宫，我就出不去了。

我不是个轻率的女人，我不应该允许这种情况出现。不能忘记的是：书桌后面出现的那个女人，虽然是个很糟糕的征兆，但毕竟是个征兆。奥尔加，你要清醒过来。三十年前那个有血有肉的女人，无法进入你小时候的头脑里；任何有血有肉的女人，都不可能完整地出现在这里。我在马里奥的写字台后看到的女人，那只是“女人”“马志尼广场上的女人”“弃妇”这几个词语产生的效果。你要紧紧抓住这几点：狗现在还活着；我已经不再是三十年前那个八岁的小姑娘了。为了记住这些，我咬住自己的手关节不松口，一直到感觉疼痛。我沉浸在狗发出的恶臭里，只想闻那种气味。

我跪在奥托的旁边。它无法控制自己的喘息，这条狼狗被痛苦控制了，已经变成了一个木偶。我眼睛看到了什么？它紧闭的嘴，溢出来的口水。它抽搐的四肢，让我的感觉找到了一个坚固的支撑点，比咬着关节、用夹子夹着手臂更有效。

我想我应该采取行动。伊拉丽亚说得对：奥托是吃了毒药，这是我的错，我没有看好它。

但这个想法并没有通过我的声音说出来，我感觉它卡在喉咙里，就好像在我身体里说话，是呼吸的震动，像孩子的咿咿呀呀，像大人的嗲声嗲气，那是我最痛恨的语气。卡尔拉说话就是那样，我记得很清楚：她十六岁的声音像六岁一样，也许她到现在还那样说话。有多少女人无法放弃儿童的声音，她们一直装出孩子的声音。我马上就放弃了孩子的语气，在十岁时我就开始用成人的语调说话。即使是恋爱时，我也没有装出孩子的语气，女人就是女人。

“你去找卡拉诺吧，”马志尼广场上的弃妇建议我，她这次浮现在窗户的角落里，“请他帮助你。”

我没法拒绝，我感觉自己像面临危险的小女孩一样，用细微的声音，抱怨受到的伤害，觉得自己很无辜：

“卡拉诺给奥托下毒了，他对马里奥是这么说的。那些最无辜的人，总是能做出最糟糕的事。”

“他们也会做一些好事。我的孩子，你去找他吧，楼里只有他在，他是唯一可以帮助你的人。”

真是太愚蠢了，我不应该和她说话，我们竟然还在对话，真不应该。我就好像在写书，脑子里全是人物和幽灵。但我没在写东西，也没在我母亲的桌子下面，在给自己讲述弃妇的故事。我在自言自语。事情总是这样开始的，我说出自己的话，好像是替别人说的。真是大错特错。我应该牢牢抓住具体的东西，相信它们的持久性，确认它们的完整性。这个女人只是存在于我儿时的记忆里，我不应该感到害怕，也不应该理会她。我们的脑子到死都会带着一些活着和死去的人。最主要的是要有个限度，比如说，永远都不要和他们说话。我沉下去，想要知道自己在哪里、我是谁。我两只手放在奥托的毛皮里，它的身体散发着一种让人受不了的热度。我轻轻碰到它，抚摸它，它的身体抖了一下，抬起头来，睁开有些发白的眼睛，张开喉咙对着我咆哮了几声，口水喷到我身上，我害怕地向后退去。狗不想让我分享它的痛苦，它拒绝了我，好像我不配减轻它临终的痛苦。

那个女人说：

“你没有多少时间了。奥托快要死了。”

24

我马上站了起来，匆忙从房间里出去，关上了身后的房门。我本想大步流星，什么东西都拦不住我。奥尔加走在过道里，走在客厅里，她现在已经下定了决心，去进行弥补。虽然她脑子里的女孩在用甜美的声音说话，告诉她伊拉丽亚拿了你的化妆品，不知道她在洗手间里搞什么；没有任何东西真正属于你，她会碰你的所有东西；去洗手间看看，你要扇她耳光，教训她。我马上放慢了节奏，我无法忍受激动的心情。假如周围的世界加快了速度，我会放慢速度。奥尔加最不喜欢手忙脚乱了，她害怕要马上做出反应——快步走，快动作——脑子迅速转动。她无法容忍纠缠着她内心的声音，她的太阳穴突突跳着，有些反胃，出冷汗，感觉节奏越来越快、越来越失控。要不慌不忙，要心平气和，要有气无力地走。我调整了一下胳膊上的夹子，尽快停止使用第三人称，奥尔加想跑。回到第一人称，我来到防盗门前，我知道自己是谁，会控制自己所做的一切。

我想我有记忆，我不是那种甚至会忘记自己叫什么的人。我记得，实际上我还记得那两个装防盗门的工人：一个老的，一个年轻一点。他俩中有一个告诉我：太太，你要小心，不要太用力，要注意钥匙的用法，锁的内部结构有些精密。他俩看起来有点儿奸诈，那么多暗示，钥匙要横着，竖着，还好我一直都知道自己该干什么。如果马里奥对我做了那些事，在欺骗了我那么长时间之后抛弃了我，我还是我自己。那么不安的几个月，我坚持下来了。在炎热的天气里，在八月初一直在坚持，对抗各种挫折，这就意味着，我从小担心的事——长大之后变成一个弃妇，这是三十年来我最害怕的事——没有发生。我正在做出反应，很好。我把自己的每部分紧紧抓住，恭喜你，奥尔加。虽然发生了那么多事，你还在这里，没有和我分开。

在防盗门前，我停留了一下，就好像真的跑完步一样。好吧，我要向卡拉诺求救，虽然是他给奥托下的毒。没有别的选择，我会问他，能不能用他的电话。如果他再次想要我，从后面进入我，我会说“不行”，事情已经过去了。我去找他，仅仅是因为家里出了急事。我会马上告诉他，让他不要心存幻想，要打消他的念头，让他不要觉得，我去找他是为了那事儿。机不可失，时不再来。有第二次就有第三次，但有第一次，不一定会有第二次。再说了，唯一的那次你还弄到了避孕套里，混蛋。

但我马上就知道，在尝试之前我就知道门不会打开。我抓住钥匙，想要拧动它时，脑子里之前预想的情况发生了：钥匙一动不动。

我一下子就变得特别焦虑，我真不应该有这样的反应。我用了更大的力气，手忙脚乱，先把钥匙向左拧，然后向右拧，没有任何结果。我又尝试把钥匙从锁眼里抽出来，但取不出来了，钥匙的金属像是熔到了锁眼里。我用手拍打了门板，用肩膀顶着门，接着用钥匙开门。忽然间我的身体清醒了，感到特别绝望。最后我放弃了，发现自己浑身都是冷汗，睡衣粘在身上，我的牙齿在打架，虽然天气很热，但我感觉很冷。

我蹲在地板上，我应该考虑清楚。那两个工人，是的，他们对我说过，我应该小心点，锁可能会出问题。但他们跟我说这些话时采用的是男人特有的、夸大其词的语气。他们那样说，只是为了彰显他们的重要性，尤其是在性方面必不可少。我想起来，那个年龄大一些的工人在给我名片时，他脸上的奸笑。他说，如果我需要，可以打电话给他。我知道他想说的是哪道锁，当然不是防盗门上的锁。因此我想我应该抹去他的话，他说的不是任何技术问题，他只是利用行业术语说些调戏我的下流话。这就意味着，我会从脑子里抹去他说的那些话，还有话里隐含的警告。我不应该担心门会卡住，会打不开。我要尽快把那两个粗俗工人的话，从脑子里抹去，把一切打扫干净。我要放松心情，把一切都整理好，堵住意义的漏洞。还有狗，比如说，它为什么必须是吃了毒药呢？把“毒药”抹去。卡拉诺，我近距离看到过他——我觉得这个想法很可笑——觉得他不是那种在肉丸里加毒药的人，奥托可能吃了什么变质的东西。保留“变质”这个词，把这个词固定好。我把这一天所有的事，早上醒来之后发生的事，重新规整一下。把奥托的苟延残喘，带入真实的层面，让所有的事都有个尺度，也给自己一个尺度。我是谁？一个经历了四个月痛苦的女人，非常虚弱，我不是魔法师，绝望会让我分泌出一种毒药：让我儿子发高烧，杀死一条家养的狼狗，让电话线断掉，让防盗门锁出障碍。我要快点思考。到现在为止，两个孩子什么都没吃，我自己也没有吃早饭，没有梳洗。时间飞快地过去，我应该把那些带颜色的和白色的衣服分开。我已经没有干净的内裤了。床单上全是呕吐物。我要用吸尘器，打扫一下家里。

25

我站了起来，小心控制着自己的动作，尽量不慌不忙。我盯着那把钥匙，用很长时间，就像那是一只要拍死的蚊子。我坚定地伸出右手，重新激活我的手指，让它们向左旋转，但钥匙没有动。我把钥匙向自己的方向拉了一下，希望钥匙能动一下，找到正确的位置，但钥匙纹丝不动，一毫米都没动。它看起来不像钥匙，而像是黄铜板上冒出来的东西，是一个深色、凸起的部分。

我检查了一下门扇，门很光滑，除了那个光洁的把手，没有别的地方可以抓，门稳稳当当地装在结实的门轴上。没有别的办法打开门，除了转动那把钥匙。我研究着两把锁带着的圆形金属片，钥匙在下面那个锁孔里。每个金属片都由四个小螺钉固定。我知道，如果把那些螺丝拧下来，距离打开门就不太远了。我想，如果我能做到的话，那会让我勇气大增，不会泄气。

我来到了储藏室，把工具箱拿了出来。我把箱子拖到了进门的地方，在里面翻找，但我没找到能拧开那么小的螺丝的工具，工具箱里的螺丝刀都太大了。我去厨房拿了一把餐刀。我选了个螺丝，把刀尖放进了小十字螺钉细小的槽里，但刀马上滑开了，根本卡不住。我又开始找螺丝刀，我拿起最小的一把，想把它探入下面那把锁的黄铜片下面，把它撬起来，但没有用。我尝试了几次，又回到了储物间，想找到一个很薄、很结实的东西，把它从门下面伸进去。我找得很仔细、专注。我想试着把其中一扇门撬起来，让它从门轴里出来。我思索着，我必须承认，那就像在给自己讲童话。我一点都不相信能找到合适的工具，即使是找到了，我也没有力气实现我的构想。但我很幸运，找到了一根尖头的铁棍。我来到了门口，试着把尖头插入到门下，但那里一点空间也没有，门和地板贴得很紧。除此之外，假如我能插进去的话——我意识到——门上面的空间也不够，也无法从合页里出来。我把铁棍扔在地上，发出很大的动静。我不知道该做什么，我关在自己的家里，手足无措。这一天中我第一次感到泪水涌向了眼睛，我觉得这是好事儿。

26

我正想要哭出来，这时伊拉丽亚——她应该是踮着脚尖来到我背后，她问我：

“你在做什么？”

那当然是个虚假的问题，实际上她只是想让我转身看到她。我转过身去，看到了我不想看到的一幕。她穿上我的衣服，还化了妆，头上戴着一顶金色的假发，那是她父亲送给她的。她脚上穿着我的高跟鞋，身上穿着一件蓝色的裙子，裙子很长，肩膀耷拉下来很长一截。她的脸像是画上去的面具：眼影、粉底、口红。我感觉她很像我母亲给我讲过的老侏儒，是她小时候在沃美罗缆车那里见过的。那是一对双胞胎，长得一模一样。她说，她们简直有一百岁，她们进到缆车里，一言不发就开始弹曼陀林。她们的头发是浅黄色的，眼妆画得很浓，满脸皱纹，颧骨很红，嘴唇也是画过的。她们弹奏完，不会致谢，而是会吐舌头。我从来都没有见过她们，但大人们讲得栩栩如生，这两个老侏儒的故事，就清晰地记在我的脑子里，活生生的。现在伊拉丽亚出现在我面前，我觉得她好像是从我小时候听过的故事里走出来的。

看到我满脸厌弃的表情，她有些尴尬地笑了，眼里的光彩黯淡下去了。好像为了解释自己的做法，她说：

“我们一模一样。”

她的话让我很不安，忍不住打了个寒颤，感觉自己失去了好不容易才占据的领地。“我们一模一样”是什么意思？在那种时候我只想和自己一样。我不能，我不应该想象，自己就像缆车里的两个怪物中的一个。一想到这个，我就有点头晕，有一丝恶心，一切都开始粉碎。我想，也许伊拉丽亚不是伊拉丽亚。也许，她真的是沃美罗车站那两个小侏儒中的一个，她忽然出现了，就像那个在米赛诺角淹死的弃妇一样。哦，也许并不是这样。也许一段时间以来，我才是那两个弹曼陀林的老女人中的一个，马里奥发现了这一点，所以他离开了。我在没有意识到的情况下，变得和她们一样。那是童年想象中的人物，伊拉丽亚现在让我看到了我真实的样子，她只是像我一样化妆，想要变得和我一样。这就是我正在发现的事实，在那么多年的表象之下，现实就是这个：我已经不再是自己了，是另一个人。那是我醒来时担忧的事情，不知道是从什么时候开始就很害怕的事。现在任何抵抗都是白费，当我尽一切努力不想失去自己时，我已经失去自己了。我已经不在那里了，在进门的地方，在防盗门前，在那把不听话的钥匙前面，我假装自己在那里，就像小时候玩的游戏。

我打起了精神，抓住伊拉丽亚的手，拖着她走过走廊。我把她拉到了放满水的浴缸跟前。我用一只手摁住伊拉丽亚的头，把她的头浸在水里，用另一只手使劲搓洗她的脸。现实，现实，不要粉底掩饰。我需要的是现实，现在如果我想拯救自己，拯救我的孩子、狗的话。我要坚持，要承担拯救者的责任。好了，洗干净了。我把孩子拉起来，她对着我的脸吐了一口口水。她挣扎着，大口呼吸着，对我叫喊：

"你让我喝水了，你要淹死我了。"

我忽然又想哭，我用温和的语气对她说：

"我只是想看看，我的伊拉丽亚多漂亮，我忘记她多漂亮了。"

我用手心捧起了一点水，她挣扎着，想要挣脱我。我又用手搓揉着她的脸、嘴唇、眼睛，把残余的颜色混合在一起，抹在她脸上，直到她变成了一个脸色发紫的娃娃。

"现在看看你。"我想要拥抱着她说，"这样我很喜欢。"

她把我推开了，大喊着：

"你走开！为什么你可以化妆，我却不能？"

"你说得对，我也不应该化妆。"

我放开了她，把脸泡在水里，头发泡在浴缸冰冷的水里，感觉好多了。我抬起头，用两只手搓洗了脸上的皮肤，我感觉手指下面是那块蘸了水的药棉。我从鼻孔里小心地把它取出来，丢在了浴缸里。药棉漂在水面上，上面沾着黑紫色的血。

“现在好些了吗？”

“我们刚才更漂亮。”

“我们很漂亮，如果我们相亲相爱。”

“你不爱我，你把我的手腕弄疼了。”

“我很爱你。”

“我不爱你。”

“真的吗？”

“不是。”

“这样，如果你爱我，你必须帮助我。”

“我要做什么呢？”

一阵扭动，脉搏的跳动，事物忽然的凌乱，我忐忑地看了看镜子。我看起来不怎么样：湿漉漉的头发粘在前额上，一只鼻孔上还沾着血迹。虽然嘴唇上的口红擦掉了，但鼻子和下巴上还有口红留下的印记。我伸出手，想要取一块洗脸棉。

“我到底要做什么嘛？”伊拉丽亚很不耐烦地问我。

她的声音好像来自很远的地方。等一下，我先要好好卸妆。因为镜子是凹型的，在两侧我看见我的脸被分成了两半，距离很远，我先是被右边的侧脸吸引了，然后是左边的，两边的脸都让我觉得很陌生。通常我很少用到两边的镜子，我只看大镜子里的影像。现在我调整自己的位子，想要看到自己的正面，还有侧面。一直到现在为止，没有任何复制的技术，可以突破镜子和梦境。看看我，我对着镜子轻声说，就像一阵呼吸。镜子在展示我的处境：假如我的正面让我放心，我是奥尔加，也许我能够成功到达这一天的尽头；两边的侧脸让我觉得事情并不是这样。它们展示出我的脖子，丑陋、活生生的耳朵，我从来都没有喜欢过的、有点儿弯曲的鼻子，下巴、高颧骨，还有颧骨上就像白纸一样撑起来的皮肤。我感觉奥尔加根本无法掌控两个侧面，她太不坚定，也没有毅力。那些影像跟她有什么关系呢？最好的一面，最糟糕的一面，隐藏的几何。假如在过去的生活中，我一直以正面那个奥尔加生活着，其他人一定都觉得：我的长相很不稳定，变化很大，两个侧面衔接不上。我对自己整体的样子一无所知。对于马里奥，尤其是马里奥，我以为自己把奥尔加给他了，就是镜子中间的那个。现在实际上，我都不知道她有什么面孔、什么样的身体。他把我安装起来，用了很不稳定、不协调、难以捕捉的两个侧面。不知道在他眼里我长什么样子。不知道是什么样的组合让他爱上了我；哪种拼接让他很厌恶，让他不再爱我。我——不禁浑身颤抖了一下——对于马里奥来说，我从来都不是奥尔加。意义，她生命的意义——我忽然明白——那只是青春期结束时的自我欺骗，是我对于稳定的幻想。从现在开始，如果我要成功，我应该相信我的两张侧脸，要按照它们陌生的一面，而不是熟悉的一面。从这里开始慢慢找回自信，让自己变得成熟。

我觉得这个总结充满了真相。我越是看着自己左边的脸——秘密一面的清楚特征，我看到了弃妇的特征。我从来都没有想过，我们有那么多类似的地方。她的侧面，她从楼梯上下去，会打断我和几个玩伴的游戏，她眼睛空洞地走过去。我不知道这形象在我身体里藏了多久，这就是镜子现在让我痛苦的原因。那个女人在镜子侧面，对我嘀咕着说：

“你要记住，狗快要死了，詹尼得了肠胃感冒，正在发烧。”

“谢谢。”我毫无畏惧地说，甚至带着感恩。

“感谢什么？”伊拉丽亚有些不耐烦地问。

我忽然清醒过来。

“谢谢你答应我，你会帮助我。”

“但你没有告诉我，我应该做什么！”

我微笑了一下，我说：

“你过来，我给你看。”

27

我动了动身子，感觉自己就剩下一口气，很难把身体支撑起来。在熟悉的家里走来走去，真是无头无尾，什么都干不了。家里所有空间都是分开的，都变成了距离很遥远的平台。五年之前，我第一次测量了这栋房子的尺寸，熟悉每个角落，我很用心地装修了它。现在，我不知道从洗手间到客厅、客厅到储物间、储物间到玄关的距离。我把自己拽到这里、拽到那里，就像在玩一场游戏，感到头晕。

"妈妈，你要小心。"伊拉丽亚抓住了我的一只手说。我走路踉踉跄跄，可能快要跌倒了。我们来到玄关那里，指了一下装工具的箱子。

"你拿着榔头，"我说，"跟我来。"

我们在家里走动，她很自豪，用两只手拿着榔头，好像终于为我是她母亲感到高兴，我也对此很高兴。我们来到客厅，我说：

“现在你用榔头敲击地板，永远不要停下来。”

伊拉丽亚做了个振奋的表情。

“这样，我们就会让卡拉诺先生很生气。”

“正是如此。”

“如果他上来抗议呢？”

“那你就来叫我，我跟他说。”

女儿去了房子中央，用两只手举着榔头，开始敲击地板。

现在我想该去看看詹尼怎么样了，我差点忘记他了，多么不用心的母亲。

我们俩交换了个会意的眼神。我正要走开，这时我看到了一件物品，它出现在不该出现的地方：在一个书架的下面。那是一瓶杀虫剂，它应该在储物间里，此刻却躺在地上，上面有奥托咬过的痕迹，喷头的白色按钮也掉下来了。

我把它捡起来，仔细查看了一下，有些迷惑地看看四周。我看到了蚂蚁，它们在书架下面排成队，来来回回。它们又回来包围这所房子了，也许它们是把房子连接在一起的唯一黑线，避免它彻底解体。如果没有它们的决心，我想伊拉丽亚可能正在一片地板上，比我现在看到的她更远。詹尼躺着的房间，可能已经无法抵及了，就像一座把浮桥抬起来了的城堡。奥托临终所处的房间，就像黑死病的隔离医院，无法进入。我自己的情感和思想、过去生活的记忆、外国的城市，还有我出生的地方，在那张桌子下倾听我母亲的故事，就像炎热的八月光线中的一粒微尘。我打算不管那些蚂蚁，也许它们并不是敌人，我不应该把它们赶尽杀绝。有时事情的坚实性是基于一些让人烦恼的元素，虽然表面看起来，这些元素好像要破坏它的凝聚力。

最后这个想法，发出的声音很大，在不断回响，我不禁一震，那不是我的声音。我清楚地听到那个声音，它甚至突破了伊拉丽亚频繁的敲击声。我的目光从手上的杀虫剂瓶子抬起来，看向了写字台：那不勒斯弃妇的身体像纸一样单薄，她坐在那里。我的两个侧面人工接合在一起。她通过我的血液活着，我看见她的血管红红的，露在外面，湿湿的，在跳动。她的喉咙、声带，让她震颤的呼吸也属于我。她说完那句莫名其妙的话，继续在我的本子上写字。

虽然我死死地待在原处，但我还是清楚地看到她在写什么。那是她的笔记，写在我的笔记本上，她用我的字迹进行记录。这个房间太宽敞了，我没法集中注意力，无法搞清楚我身处何处、在做什么、为什么。夜晚很长，很难挨，所以我丈夫离开我了。在年老和死亡到来之前，他希望夜晚的时光很快过去。为了写清楚，我需要进入每个问题的核心，进入到一个更小、更安全的地方，要抹去多余的东西。我要缩小阵地，真正的写作，就是从母亲的怀里发出的声音。奥尔加，你要放下，翻过这一页，从头开始。

昨天夜里我没去睡觉，那个坐在写字台前的女人对我说。但我记得，我上床去睡了。有一点困，我中间起来了，然后又去睡觉了。上床的时间应该很晚，我一下子扑倒在床上，横着躺在床上，这就是我醒来时为什么姿势那么奇怪。

因此要小心，要把事情重新整理一遍。在夜里，一定是我身体里的某样东西崩溃了，坏掉了。我感觉，我的理性和记忆都层层脱落了，长时间的痛苦的确会带来这样的后果。我以为自己上床睡觉了，但实际上没去睡。或者说我睡了，然后起来了，不听使唤的身体在笔记本上写字，写了一页又一页。她用左手写，为了对抗恐惧，为了抵抗羞辱。有可能，这就是昨天晚上发生的事。

我把杀虫剂的瓶子在手上掂量了一下，也许我昨天晚上和蚂蚁斗争了一宿，白白浪费时间。我给家里上上下下喷了一遍杀虫剂，所以奥托才中毒了，詹尼吐个不停。哦，也许事情并不是这样，是我自己的黑暗面在捏造这些罪责，这其实不是奥尔加的错。我塑造一个不负责任、马马虎虎、无能的形象，就是为了自暴自弃，让现实更加混乱。我阻止自己划出一个界限，确认什么是真实的，什么是虚假的。

我把那个杀虫剂瓶子放在书架上，踮着脚尖，慢慢走到门那里，好像不愿意打扰那个写字台前的女人的侧影。她又开始写了，伊拉丽亚这时很有节奏地敲打着地板。我又走向了洗手间，和想象的罪责作斗争。可怜的孩子，我可怜的儿子。在混乱的药品中，我找到了一些“安乃近”[①]，滴了十二滴（非常精确，就是十二滴）到一杯水里。我有没有可能那么不用心？有没有可能我夜里没开窗子，到处喷洒杀虫剂，把瓶子里的药都喷完了？

在楼道里我就听到了詹尼呕吐的声音。我看到他头探出床来，眼睛瞪得很大，脸涨得通红，嘴巴张着，好像身体里有一股力量在摇晃着他，但没吐出来什么。还好，我什么都留不住，任何一种情感、兴奋、怀疑。眼前的场景在变化，其他信息，其他可能性。我想到了在奇塔代拉前面的大炮，詹尼当时钻到炮弹口里面，是不是染上了一种遥远的、穷人的疾病，产生于特定的气候，一个沸腾世界的符号，边界在延伸，远的变成了近的，破坏的声音，新仇旧恨，遥远的战争，或已经烧到门口的战火？我沉浸在所有幽灵、恐怖之中。那个在青春期之后，我赋予自己的理性世界，现在越来越小。虽然我尽量放慢动作，深思熟虑。随着时间的流逝，我周围那个世界越来越让人目眩，它的圆球形状，变成了一张薄薄的圆桌子，那么薄，它一层层脱落，中间好像已经出现了破洞，很快会变成一枚结婚戒指，然后消失。

我坐在詹尼身边，手放在他的额头上，鼓励他吐出来，他

---

① novalgina，一种镇痛解热药物。

吐出了一口发绿的口水。他非常虚弱，最后侧躺下去，哭了起来。

“我一直在叫你，你都没有过来。”他一边哭，一边指责我。

我擦了擦他的嘴、眼睛。我解释说，我有些问题要解决，着急找到办法，没有听到他叫我。

“奥托是不是真的吃了毒药？”

“不，不是真的。”

“是伊拉丽亚告诉我的。”

“伊拉丽亚在说谎。”

“我这里疼，”他叹着气，把脖子展示给我看，又让我看后颈，“很疼，但我不想用栓剂。”

“我不会让你用栓剂，你应该喝这些药水。”

“又会让我吐的。”

“药水不会让你吐的。”

他很艰难地喝下了那杯水，又吐了一口，然后躺了下去，头靠在枕头上。我用手摸了摸他的额头，还是很烫。我感觉他干巴巴的皮肤让人无法忍受，那就像刚从烤箱里拿出来的一片酥皮。伊拉丽亚敲击地板的声音变得难以忍受，虽然她在外面，隔着一段距离，但那是充满力量的敲击，声音回荡在整栋房子里。

“这是什么声音。”詹尼很担心地问。

“隔壁在施工。”

“噪音让我很难受，你去告诉他们别吵了。”

“好。”我向他保证。我让他把温度计放在腋下，但只有我用两只胳膊抱紧他，他才肯量体温。

“我的孩子。”我一边摇晃着他，一边唱着，“我的病孩子，现在要好起来。”

过了几分钟，虽然伊拉丽亚还在一个劲儿地敲打着地板，詹尼还是睡着了。他的眼皮没有完全闭上，眼圈有些发红，睫毛间有一条白线。我等了一会儿，他急促的呼吸，眼皮子底下不断转动的眼珠子，让我很担心。我把体温计取了出来，水银指示他的体温很高，几乎四十度。

我把温度计放在床头柜上，有些不适，好像那根温度计是活的。我把詹尼放在床单上，头枕着枕头。我盯着他红通通的嘴唇，他嘴张着，好像死了一样。伊拉丽亚砸地板的声音，好像在一下下地敲打着我的脑子。要回过神来，要弥补夜晚、白天的错误。他们是我的孩子——我想说服自己——是我生出来的。虽然马里奥让我受孕时，不知道他脑子里想的是哪个女人；虽然我以为自己是奥尔加，和他生了这两个孩子。虽然我丈夫现在只觉得一个叫卡尔拉的小姑娘有意义、有价值，他鬼迷心窍；他甚至不承认我的身体，他赋予我的那些特征，讨他喜欢的、让他愿意在我身上播种的特征；虽然我从来不是那个女人——现在我知道了——我不是自己以为的奥尔加。哦，我的天，我只是一些侧面，胡乱拼接在一起，是很多立体形象，我自己都不认识的样子。那两个小家伙是我生的，从我的身体，我这个身体里出来，我对他们负有责任。

因此我需要努力承受那些无法承受的东西，我站起来了。我需要振作起来，搞清状况，重新和外界建立联系。

28

我把手机放在哪里了？那天我把手机摔坏了，我把那些碎片放在哪里了？我来到了卧室，在床头柜的抽屉里翻找，手机在那里。紫色的手机摔断了，摔成了两段。

我对手机的构造一无所知，也许是因为这个原因，我想说服自己，手机其实并没有摔坏。我仔细看着带着显示屏和键盘的那块，摁了一下开关，什么都没有发生。我想，也许只要把这两块粘在一起，手机就可以用了。我鼓捣了一会儿，并没什么章法可循。我把掉出来的电池放了进去，试着把零件拼起来。我发现手机断成了两片，因为连接它们的中间部分的卡槽断开了。我们生产的东西就像我们的身体，一边连着另一边。要么是我们在设计时，想象它们是连在一起的，就像我们和渴望的身体连在一起。这些物品产生于平淡无奇的想象。马里奥——忽然间我感觉——虽然他在事业上很成功，能力很强，非常聪明，但他是个很没有想象力的人。也许是因为这个缘故，他一定会让手机恢复使用，能拯救狗和儿子。成功，就是依赖精确的计算，对显而易见的事情进行操纵。我不懂适应，也没有被马里奥的目光彻底塑造。我尝试过了。我是个钝角，但我假装是直角，我甚至压制住自己的志向，胡思乱想。我做得不够，他后来抽身而去，去别处扎根，和别人结合。

不，我应该停止胡思乱想，要想想那部手机。我在抽屉里找到了一根绿色的带子，把断开的两块紧紧绑在一起，试着开机，但手机一点反应也没有。我希望忽然出现一个奇迹。我想看有没有信号，但没有用，手机一点反应也没有。

我把手机放在床上，伊拉丽亚敲打地板的声音，让我心烦意乱。这时我忽然想到了电脑，我为什么之前没想到呢？问题就在于：我就是这样的人，没有什么知识，这是最新证据。我去了客厅，试探着向前走，就好像榔头的敲击声是一张灰色的网子、一张幔子，我应该张开双臂，打开一条路，双手摸索着向前。

我看到女儿蹲在地板上，用榔头敲打着瓷砖，她一直在敲打同一片瓷砖。那是一种让人难以忍受的折磨，我觉得在卡拉诺听来也应该一样。

“我可以停下来了？”她问我。她浑身是汗，脸很红，眼睛亮晶晶的。

“不能停，这很重要，要继续。”

“你来敲吧。我累了。”

“我有其他着急的事要做。”

我的写字台前面现在没有任何人。我坐下了，那张椅子并没有人坐过留下的体温。我打开了电脑，点了邮箱的标识，然后点了收发信件。虽然电话目前打不通，但我希望能够上网，我希望那只是电话机的问题，就像电话公司的人告诉我的那样。我想给所有朋友和认识的人发一封求救信，那些都是我和马里奥的联系人。我试着用电脑联网，尝试了几次都失败了。电脑在拨号上网时，发出让人泄气的声音，像叹气，最后宣告连接失败。我紧紧按着键盘的边儿，眼睛一会儿看这儿，一会儿看那儿，让自己不要那么心焦。我的目光时不时会停留在我打开的笔记本上，停在用红笔画出来的字迹上：“我在哪里？我在做什么？为什么？”那是安娜的话，她很愚蠢地怀疑，她的情人正在背叛她，离开她。失去理性、精神紧张，会促使我们提出一些有意义的问题。伊拉丽亚的榔头声把电脑发出的让人焦虑的拨号声切成一段段的，那就像一条鳗鱼在房间里乱跑，女儿正在把它切成一段一段的。我尽量忍着，但最后实在受不了了。

“够了，”我喊道，“不要再那样敲打了。”

伊拉丽亚惊异地张大了嘴巴，不再敲击了。

“我刚才告诉你了，我想停下来。”

我点了点头，有些沮丧。我已经崩溃了，但楼下的卡拉诺并没有。这栋楼里任何角落都没有动静，没有人的声息。我像只无头苍蝇，没法坚持自己的策略。我目前唯一的同盟，就是那个七岁的女孩，但我不断破坏我们之间的关系。

我看着电脑屏幕，没有任何反应。我站起来走过去拥抱了女儿，发出一声长长的、痛苦的呻吟。

“你头疼吗？”她问我。

“一切会好起来的。”我回答她说。

“我帮你按摩一下太阳穴？”

“好的。”

我坐在地板上，伊拉丽亚用她的手指，仔细地揉着我的太阳穴。我又开小差了，我还有多长时间：詹尼和奥托怎么办。

“我会让你好起来，”她说，“现在好点儿了吗？”

我点了点头。

“你为什么要给手臂夹那个夹子？”

我忽然回过神来，看着夹子，我已经忘了有这回事。我给自己制造的小小痛苦，已经成了身体的一部分，因此没有什么用。我把夹子取了下来，放在了地板上。

“我需要有人提醒我。今天我特别容易忘事儿，不知道怎么办才好。”

“我来帮助你。”

“真的吗？”

我从书桌上拿起一把金属裁纸刀。

“你拿着这个，”我对她说，“如果你看到我走神，就用它扎我。”

女儿接过裁纸刀，目光炯炯地盯着我。

“我怎么才能发现你走神呢？”

“你会察觉到的。一个走神的人闻不到气味，听不见别人说话，什么都感觉不到。”

她摆弄着裁纸刀。

“用了你也听不到怎么办？”

“你就用它刺我，一直到我听到为止。现在你跟我来。”

29

我把她拉到了储藏室里，到处翻找，想找一段结实的绳子。我很确信家里有绳子，但我只找到一团用来系包裹的细绳子。我来到了玄关那里，把绳子一头绑在我放在门旁边的一段铁棍上。我回到了客厅，来到了阳台上，伊拉丽亚跟在我屁股后面。

一阵炎热的风刮吹过树木，树叶被搅动，发出一阵沙沙的声音。这阵热风吹到身上，让我有些喘不过气来，短睡衣贴在我身上。伊拉丽亚用空着的手抓住我的衣服，就好像担心我会被风刮走。空气中有强烈的野薄荷的气息，混杂着尘土、太阳暴晒下的树皮的味道。

我从栏杆探出身子，想看看楼下的阳台，那是卡拉诺家的阳台。

“当心掉下去。”伊拉丽亚很担忧地对我说，她抓住了我的睡衣。

窗户关着，周围什么声音都没有，只能听到鸟叫，还有远处公交车的轰隆声。河流像一条灰色的、空荡荡的小路。没有任何人声，我住在六楼，楼下、左邻右舍都没有任何声息。我侧耳倾听，想要捕捉到收音机的音乐、一首歌、电视上的谈话节目，但我什么都没听到，至少是近处没有任何声音。除了那股反常的热风刮着叶子的声音，听不到别的动静。我大喊了几声，但我的声音很虚弱，从来都没有什么穿透力：

“卡拉诺！阿尔多！有人吗？帮帮我，救命！”

没人回应，风把我嘴边的话语吹走了，就好像我正要发出声音，这时一杯热汤送到了嘴边。

伊拉丽亚明显很紧张，她问：

“为什么我们需要帮忙？”

我没回答她，我不知道该怎么对她说，只是随口说了一句：

“你不要担心，我们自己帮助自己。”

我把铁棍放在栏杆外面，把绳子放下去，让它碰到卡拉诺的栏杆。我探出身子，想要搞清楚那根铁棍距离窗户有多远，这时伊拉丽亚放开我的睡衣，马上抓住了我赤裸的腿，我的皮肤感觉到她的呼吸。她说：

“妈妈，我抓住你。”

我尽可能把右胳膊伸出去，用食指和拇指紧紧捏住绳子，让铁棍在绳子另一头快速摇晃起来。我看到那根铁棍在卡拉诺的阳台上来回晃动。为了达到目的，我的身子探出去很多，盯着那根铁棍，就好像出神了一样。我看着那个黑色的影子，它很锐利，一会儿在路上飞，一会儿退回去，擦着邻居的栏杆。我很快就不再害怕会掉下去，我感觉我家阳台距离地面很近，还没有那根绳子长。我想击中卡拉诺家的窗户，希望那根铁棍能刺穿玻璃，进入到他家里，进到他那天夜里接待我的客厅里。我有点想笑，这时他当然昏昏沉沉地躺在床上。他的体力已经开始衰退，勃起都没有保障，他是个不怎么样的一夜情伙伴，很难让人在屈辱中扳回一局。我想象着他怎么度过一天的时间，忍不住很鄙视他。尤其是一天中最炎热的时候，他一定是躺在阴凉的地方午休，浑身是汗，呼吸很粗重，等着晚上出去演出。不知道是什么样的小乐队，他已经没有任何出头的希望。我想起了他粗糙的舌头，嘴里咸咸的味道。伊拉丽亚用裁纸刀在扎我的右大腿，我才回过神来。多棒的姑娘，她很专注，也很敏锐，这就是我需要的感觉信号。我张开手，绳子从我手中溜走，铁棍很快消失在楼下的阳台上。我听见了玻璃破碎的声音，绳子断了，我看到那根铁棍在楼下阳台的地砖上滚动，撞到了栏杆上，弹到了阳台侧面，最后掉了下去。它落下的时间很长，伴随着玻璃破碎的声音，它撞击着下面一层层阳台一模一样的栏杆，黑色的影子越来越小。最后它落在了地上，反弹起来几次，远远地发出叮叮咚咚的声音。

我很害怕地向后退去，六楼展示出了它的高度，眼前就像一道深渊。我感觉伊拉丽亚紧紧抱着我的腿。我等着那个乐手的声音，我给他带来了损失，他一定很愤怒，但他没有反应。我又听到鸟叫，刮在我和孩子身上的热风。我的女儿，她是我的肉体真正创造出来的东西，逼迫我回到现实。

“你表现得很棒。”我说。

“如果我不抱住你，你会掉下去的。”

“你什么都没听到吗？”

“没有。”

“那我们一起喊：卡拉诺，卡拉诺，救命！”

我们一起叫喊，叫了很长时间，但卡拉诺一直都没有动静。回应我们的是一声长长的、很微弱的叫声，可能是远处一条狗在叫，可能是夏日被抛弃在路边的狗，或者是奥托，真的是它，我们的狼狗。

30

我要采取行动，马上找到解决方案，避免在这没有意义的一天里手忙脚乱、丢盔弃甲。我要紧紧抓住生活里剩下的碎片，就好像它们是拼起一幅画不可缺少的部分。我做了个手势，让伊拉丽亚跟我来。我对她微笑，现在她是那个带剑的女人，手里拿着一把裁纸刀，很认真地扮演着自己的角色，手紧紧握着，关节有些发白。

我想在我失败的地方，也许她会成功。我们回到了玄关，在防盗门前面。

“你要试着拧钥匙。”我对她说。

伊拉丽亚把右手上的裁纸刀放到了左手上，她伸出了胳膊，但够不到钥匙。我抱住了她的腰，把她抬到能够着的高度。

“向这边拧吗？”她问我。

“不，向另一边拧。”

软绵绵的小手，手指上全是汗。她试了又试，但力气不够。如果钥匙没有卡住，她估计也转不动。

我把她放下来了，她很失望，因为没能完成我交给她的任务，她忽然很生我的气。

“你为什么要让我做你应该做的事？”她怨恨地问我。

“因为你更厉害。”

“你已经不会开门了吗？”她担心地问。

“是的。”

“就像那次？”

我有些疑惑地看着她。

“哪次？”

“我们去乡下的那次。”

我感觉到胸口一阵疼痛，她怎么能记得，那时她还不到三岁。

“有时候，用钥匙开门时，你真的很笨，让我们很没面子。”她补充了一句，想提醒我，她记得很清楚。

我摇了摇头，不是这样，我通常用钥匙都很顺手。我开门的动作很自然，从不担心钥匙会卡在门里。但有时，尤其面对一把陌生的锁——比如说宾馆房间的门锁——我会惊慌失措，羞愧地去前台找人帮忙。尤其是电子钥匙，那些磁卡让我很焦虑，想到可能遇到的困难，一不小心，一走神我的动作就不像平时那么自然，可能就打不开门了。

手会忘记动作，手指也忘记了该用的力度和方式，就像我觉得很丢脸的那次。吉娜——邪恶的小卡尔拉的母亲，她把乡下的房子钥匙给了我，让我带两个孩子去玩。我出发了，马里奥当时有事儿，会在第二天来和我们汇合。那天下午，开了两个小时车之后，我到了目的地。我感觉心烦意乱，一方面是因为周末堵车很厉害，另一方面是两个孩子不断争吵，奥托当时还是小狗，也在不停地叫。一路上我都在想，我多么愚蠢，白白浪费时间。我没法再继续写作，没法看书，我没有一个社会身份，可以让我和自己圈子里的人见面，无论是可爱的朋友，还是敌人。少年时我想象自己会成为的那个女人，她去哪里了？我很嫉妒吉娜，她和马里奥一起工作，他们总是有问题可以讨论。我丈夫和她说的话，比跟我说的话还多。那时卡尔拉已经有点让我烦了。她对自己的命运充满信心，有时候还敢于批评我几句，她说，我在孩子和家庭上投入太多时间了。她赞美我的第一本书，感叹说："我如果是你，会首先想着自己的志向。"她不仅长得特别漂亮，在她母亲的教育下，也确信自己有个光辉的前途。虽然她只有十五岁，却觉得自己可以对很多事情指手画脚，常常想要教育我，在她一窍不通的事情上发表真知灼见，单是听到她的声音就让我很烦。

我把车停在了房子门前的小广场上，但各种思虑让我激动不安。我带着小孩和狗去那里干什么？我来到了门前，试着开门，但没能把门打开。我试了一次又一次，这时天已经黑了，詹尼和伊拉丽亚又困又饿，已经开始哭哭啼啼，我还是没有打开门。但出于自尊和骄傲，我不想给马里奥打电话，也不想让他在辛苦工作一天之后跑过来帮我。两个孩子和小奥托吃了饼干，在车上睡着了。我又来到门前，试着开门，试了一次又一次，手指已经发麻了，最后我放弃了。我坐在台阶上，任凭夜晚的重量压在身上。

第二天早上十点的时候，马里奥来了，但他不是一个人来的。让人意外的是，跟他在一起的是房子的主人。发生了什么事情？为什么会这样？你为什么没有打电话？我支支吾吾地解释着，但同时也非常气愤。我丈夫有些不自在，居然拿我的笨拙开玩笑。他说我是个充满想象力的女人，但解决不了很多实际的问题，总之很蠢。我记得，那时我和卡尔拉交换了一个眼神，我觉得那是一个意味深长、相互谅解的眼神。她好像在说：你快反抗啊，你要说说真相是什么样子的。你要告诉他们，是你每天面对生活的实际问题，承担很多义务，照顾两个孩子。她的目光让我很惊异，但很明显，我当时没明白她的意思。或者我已经明白了，那是个小姑娘的目光，她在想，如果在我的位子上，她会怎么对付那个迷人的男人。这时吉娜把钥匙插入到钥匙孔里，毫无障碍地打开了门。

我忽然回到了现实，裁纸刀的刀尖刺痛了我的左胳膊。

“你走神了。”伊拉丽亚说。

“没有，我只是在想，你说得对。”

“什么是对的？”

“为什么我那次没能打开门，你说的是对的。”

“我已经告诉你了，有时候你很笨。”

“是的。”

31

是的，我很笨。我的感觉渠道全部堵塞，不知道从什么时候开始，身体里已经没有生命力在流动。我把自己存在的意义局限于和马里奥的婚姻生活，依顺他精心建立的习惯生活，这是多么可怕的错误。把自己的意义建立在他的欣赏、热情之上，在他越来越富有成果的生活之上，这是多么可怕的错误。尤其是我相信，离开他我就无法生活，这是多么严重的错误。但实际上，很长时间以来我都无法确信，和他在一起时，我是活着的。比如在我的抚摸下，他皮肤的激情在哪里，他嘴唇的热度在哪里？如果这样追问下去——我一直避免这样做——我就不得不承认：在最近几年，我的身体一直在容纳，在被动接受。只有在一些偶然的时刻，纯属巧合，我才有一些存在感：我偶然见到或者重新见到一些人，他们很关注我，赞美我的天分、智慧，有时候会带着欣赏，抚摸一下我的手；在街上偶遇一个之前的同事，激动地欢呼一声；和马里奥的一个朋友在一起聊得起劲，或保持沉默，他让我明白，他首先愿意和我做朋友，我丈夫是其次；还有一些别有用心的关注，在很多场合都发生过，似是而非，很暧昧，如果我愿意在合适的机会，找到合适的借口打一个电话，那结果就不可预料，无论有没有发生什么，都会让人心惊肉跳。

当马里奥告诉我，他想离开我，也许我应该从这里开始。我应该基于这个事实而采取行动：一个迷人的男人，几乎是个陌生人，一个偶然出现的男人，有待探索的“也许”，却让人很愉快，可以带来意义感。我们就这么说吧，那就像一股泄漏的汽油味，城市里一棵法国梧桐树灰色的树干。那种强烈的愉悦感、忐忑的期待永远固定在邂逅的地方。但同时马里奥身上的任何东西，都不再拥有那种让人心动的力量。每个动作都放在正确的地方，在稳稳当当的网子里，没有废料，也没有过度。如果我基于这一点，从秘密的激情出发，也许我就会明白他为什么离开。在恍惚迷乱的时刻，我总是以我们夫妻的情感稳定为重，现在我感到错失之后的强烈懊悔，一种难以忍受的痛苦。我感到很不安，有一种不确定感，我不得不重新学习生活，但并不确信是否能学会。

比如，我要重新学会拧动一把钥匙。有没有可能是马里奥离开之后，他也带走了我用手开门的能力？有没有可能在乡下那次，一切已经开始了？在两个陌生女人面前，他那么幸福自在，他已经开始让我撕裂，夺去了我手指的握执能力。有没有可能我的心理失衡、痛苦从那时已经开始了？他在我眼皮子底下，品尝诱惑的幸福。我在他脸上看到了我熟悉的乐趣，而我经常会适可而止，因为担心会破坏保持我们关系的根基。

伊拉丽亚很及时地扎了我，我觉得她扎了不止一次，很疼，我的反应很激烈。她向后退去，大声说：

“是你让我这么做的！”

我点了点头，用一个动作让她放心。我用一只手抚摸扎疼了的脚踝，再次尝试开门，但门没有打开。这时我弯下腰，从近处仔细看着那把钥匙。我觉得自己之前的动作错了，我应该把动作分解开来。在伊拉丽亚惊异的目光下，我用嘴靠近钥匙，用嘴唇品尝了一下钥匙的味道，闻了一下塑料和金属的味道。我用牙齿紧紧咬住钥匙，试着转动它。我忽然发力，就好像想要给那把钥匙带来惊异，给它建立一个新规则，一种新的服从方式。现在看看谁能赢，我想。我嘴里有一种黏糊糊的咸味，但一点儿效果也没有。我用牙齿咬着钥匙，感觉钥匙好像动了，我拿钥匙没办法，它却在我脸上留下印记，像开瓶器一样正在撕裂我的脸。假如我的牙齿能转动的话，它会从我脸的最下面打开，划过鼻梁、一边的眉毛、一个眼睛，展露出喉咙、头颅黏糊糊的内部构造。

我的嘴离开了钥匙，我感觉脸垂向了一边，就好像用刀削橙子，一部分橙子皮耷拉下来。我还可以怎么尝试？我躺在地板上，背下是冰凉的地板。我伸出赤裸的双腿，蹬住防盗门的门板，我脚心对着钥匙，用脚后跟顶着钥匙把手，试着用脚转动它。可以。不行。可以。我控制住自己的绝望，想继续尝试，想让自己成为金属、门板、轴承，我想像艺术家一样，直接用自己的身体工作。这时我感觉到我的左大腿，在膝盖上面一点，发出一阵剧痛，我忍不住大叫一声。我意识到伊拉丽亚刺了我，伤口很深。

32

我看见她右手拿着裁纸刀，害怕地向后退去。

“你疯了吗？”我忽然粗暴地转过身，大声说。

“你听不见我说话，”伊拉丽亚大喊着说，“我在叫你，你听不见。你太让人害怕了，眼睛斜着，我要告诉爸爸。”

我看着膝盖上深深的刀伤，还有一道血迹。我从她手上夺过裁纸刀，丢到储藏室敞开的门边。

“我们不玩这个游戏了，”我对她说，“你不会玩。现在你在这里乖乖待着，不要动。我们关在了里面，成了囚犯，你爸爸永远都不会回来救我们了。你看看你对我做了什么。”

“我应该更用力。”她眼里闪烁着泪花，反驳说。

我试着让自己安静下来，做了一次深呼吸。

“你不要哭，你要是敢哭……”

我不知道该说什么、该做什么。我觉得我已经试过了各种方法，现在只能看清形势，接受现实。

我假装自己还能掌控全局，于是发号施令：

“我们家里有两个病号：詹尼和奥托。你现在不要哭，去看看你哥哥怎么样了，我去看看奥托。”

“我应该和你在一起，用裁纸刀扎你，这是你跟我说的。”

“我错了，詹尼是一个人，他需要有人摸摸他的额头，给额头上放降温的钱币，我不能做所有事。”

我把她推到了客厅里，她在反抗：

“如果你分心了，那谁扎你啊？”

我看了看腿上长长的伤口，那里涌出一道血。

“你要时不时叫我一声，拜托了，这就可以使我不分神。”

她想了一下，然后说：

“但你要快点，詹尼让我很无聊，他不会玩游戏。”

伊拉丽亚最后一句话让我很心痛，她公然说出玩游戏的话，这让我明白，她已经不想玩了，她真正为我感到担忧。如果我要承担起对生病的孩子和狗的责任，那么她的感觉是，现在她要面对的病号是三个。可怜的孩子，她感觉很孤单，心里默默地等着爸爸，但她爸爸一直都没有回来，她的游戏已经要玩不下去了。我感觉到了她的不安，这增加了我的焦虑。一切都那么易变，没有固定点。我走向詹尼房间的每一步，走向奥托的每一步，都会担心自己会晕倒，会让她看到我崩溃的样子。我应该保持清醒的意识、清楚的记忆，这两个总是在一起，是健康的两大支柱。

我把女儿推进房间，看了一眼儿子，他还在睡觉。我从房间里出来，用钥匙锁上了门，动作干脆自然。虽然伊拉丽亚在抗议，在叫我，用手拍打着门，但我任凭她折腾，我走向了奥托躺着的房间。我不知道狗怎么了，伊拉丽亚很爱它，我不想让她看到可怕的场景。是的，我要保护她，这种担心对我有好处。保护我的孩子，我需要冷静规划。这逐渐变成了一种迫切的需求、最主要的担忧。我觉得这个是个好兆头。

狗待的那个房间，马里奥的凳子下面，现在散发着死亡的糟糕气味。我小心走进房间，奥托躺着一动不动。我蹲到它旁边，然后坐到地板上。

我首先看到的是蚂蚁，它们也占据了那个房间，在狼狗身后黏糊糊的地面上探索。但奥托已经毫不关心，它好像一下子变得灰暗，像个只剩下最后一口气的黯淡岛屿。它的脸好像已经遭到了腐蚀，从嘴里流出绿色的口水，地砖的颜色让人感觉它的口水已经渗透进去，它眼睛闭着。

“对不起。”我对它说。

我用一只手掌摸了一下它脖子上的毛，它抖了一下，张开嘴发出了威胁的叫声。我希望它能够原谅我无意中做过的事，还有现在没法做到的事。我把它拉到我跟前，把它的头放在我的腿上，它散发着病态的热度，渗透到我的血液里。它动了动耳朵、尾巴，我以为那是它舒服一些的表现，我感觉它的呼吸不再那么急促。亮晶晶的口水像一层釉面一样，覆盖在它黑色的嘴边，现在也好像冻结了，就好像它已不需要分泌那些痛苦的体液。

活着的肉身和死亡作斗争，这是一件让人无法忍受的事。有时候它好像要赢了，有时候好像要输。我们就这样待了很长时间，奥托的呼吸有时会忽然急促起来，就好像它好着的时候，特别着急想玩耍，在户外奔跑，需要得到爱抚和理解；有时，它的呼吸会忽然变得轻盈，几乎感觉不到。它的身体也在经历一阵阵的抽搐和战栗，最后纹丝不动。我感觉到它身上残存的力量在一点点消失，它在不断回顾过去的情景：在公园浇水机明亮的水珠下奔跑；在小灌木丛里好奇地刨来刨去；在家里一直跟着我，等着我给它喂食。它在接近真正的死亡，它那痛苦地流着血的伤口，出乎意料地，忽然让我为自己最近几个月的痛苦，为那些夸张、非现实的日子感到羞愧。我感觉房间逐渐恢复了正常，空间又重新聚合在一起，地板看起来很坚固，炎热的天气像透明胶水，笼罩着周遭的一切。

我怎么能听之任之，让我的感觉、活着的意义解体？我抚摸了奥托两只耳朵之间的地方，它睁开眼睛，用黯淡的眼神盯着我。我看到了它老朋友一样的目光，它没有谴责我，而像在为它的状况道歉。最后，身体的强烈痛苦，让它的眼珠子忽然黯淡下去，它龇着牙对我叫了几声，但一点儿也不凶。过了一会儿，它就在我的怀里断了气。我哭了起来，是一种难以抑制的大哭，和那几个月、那几天的哭泣不可同日而语。

当我的眼泪流干了，胸中最后的啜泣也平息了。我发现马里奥又变回了那个好男人，也许，他一直都是个好男人，只是我已经不再爱他。

33

我把狼狗的脑袋放在地板上，站了起来。我逐渐又听到了伊拉丽亚叫我的声音，紧接着是詹尼的声音。我看了看四周，看到沾着黑血的粪便、蚂蚁，还有奥托的尸体。我从房间里面出去，拿了一个桶，还有抹布。我打开了窗户，把房间打扫干净。我匆匆忙忙，但很高效。有好几次我都对两个孩子喊：

“再等一下，我马上来。”

我觉得奥托躺在那里不太好，我不希望两个孩子看到。我试着抱起它，但我抱不动，我拉着它的后腿，拖着它经过客厅，来到了阳台上。生命很轻盈，不能允许任何人使它变得沉重，但被死亡碾压过的身体，真是沉重。风吹动狼狗的皮毛，我看了一会儿，然后进了屋子。虽然天气很热，我还是小心地关上了窗户。

房间很安静，现在看起来好像很小、很集中，没有黑暗的角落，没有阴影，几乎带着一丝欢快。两个孩子一边叫我，一边在玩耍嬉戏：伊拉丽亚用女高音喊着妈妈，詹尼用男高音的声音重复着。

我加紧脚步，走到他们的房门前，用坚定的动作打开了门，用愉快的声音说：

“妈妈在这里。”

伊拉丽亚一下子扑了过来，打了我好几下，用手拍打着我的腿。

“你不应该把我关起来。”

“真是对不起，但我给你开门了呀。”

我坐在詹尼的床上，他一定是在退烧，好像迫不及待地想起来，和妹妹玩儿，叫喊，大笑，吵架。我摸了摸他的额头，那些药水起了作用，他的皮肤是温热的，有点出汗。

“你的头还疼吗？”

“不疼了，我肚子饿。”

“我给你做点儿米饭。”

“我不喜欢吃米饭。”

“我也不喜欢。”伊拉丽亚也强调说。

“我做的米饭很好吃。”

“奥托在哪儿？”詹尼问。

我犹豫了一下说：

"它在睡觉呢，别打搅它。"

我还想补充几句，说狼狗的病很重，让他们做好心理准备，接受它从我们的生活中消失。但这时，我听到了门铃响了。

我们仨都愣在那里了，没有动。

"爸爸。"伊拉丽亚充满希望，嘀咕了一句。

我说：

"我觉得不是爸爸。你们在这里待着，我禁止你们出去。如果你们敢迈出这个房间，看有什么好果子吃，我现在去开门。"

他们听出了我以往的语气，很坚定，没有任何开玩笑的意思，并不是对很普通的事故意做出夸张的语气。我也听出了自己的语气，我接受了，他们也接受了。

我经过走廊来到了玄关。有没有可能真的是马里奥想起了我们？他回来看看我们怎么样了？这个问题并没让我很激动，我只是想，现在如果能和一个人说说话，我会很高兴。

我从猫眼向外望去，是卡拉诺。

"你想干什么？"我问。

"没什么，我想知道你怎么样了。我今天早上出去得很早，去看我母亲，我不想打搅你。现在我回来了，看到玻璃碎了，出了什么事情吗？"

"是的。"

“你需要帮助吗？”

“是的。”

“拜托了，你不能打开门吗？”

我不知道我能不能把门打开，但我没告诉他。我把手伸向了钥匙，稳稳抓住它，轻轻转了一下。我感觉它很柔和，钥匙在锁眼里转动了起来，很简单。

“哦，好的。”卡拉诺有些尴尬地看着我，小声说。他从背后抽出一支玫瑰，一根光秃秃的茎上唯一的玫瑰，一支可笑的玫瑰，一个很不自在的男人，用一个很可笑的动作递了过来。

我接了过来，对他表示感谢，并没有微笑。我说：

“我有个糟糕的任务要交给你。”

34

卡拉诺很客气，他用从地下室找到的一块塑料布把奥托裹好，放进后备箱。他把手机留给了我，就出发去城外埋葬奥托了。

我马上给儿科医生打电话，我很幸运，虽然是八月，我还是找到他了。我跟他仔细讲了孩子的症状，发现自己心跳如雷，我担心医生通过手机都能听到。我的心脏又开始在胸口跳动，它不再是空荡荡的。

我对医生说了很多话，强迫自己用词准确。我一边讲话，一边在屋子里走来走去，感受到空间之间的联系。我用手抚摸着家里的物品，接触到每个小玩意、抽屉、电脑、书籍、笔记本、门把手，我在告诉自己：糟糕的时刻已经过去了。

儿科医生在默默听我说话，他让我放心，说詹尼的状况没什么可担心的。他说，他晚点儿会来看看。放下电话，我洗了个冷水澡，时间很长，冰冷的水柱像针一样扎着我，我感觉到了这几个月我时时刻刻经历的黑暗。我看到了放在洗手池边上的戒指，我把那个镶着蓝宝石的戒指戴上，同时毫不犹豫地把婚戒从落水孔丢了下去。我看着伊拉丽亚用裁纸刀在我身上留下的伤痕，我给伤口消了毒，用一块纱布包了起来。我不慌不忙，把彩色衣服和白色衣服分开，启动了洗衣机。我想找回日常生活的安宁和平静。虽然我心里清楚，身体里有一种疯狂向上的挣扎，一种涌动，就好像看到了在洞穴的深处有一只有毒的虫子，我身体的每一部分都在后退，手臂在挥动、脚在乱踢。我要重新学习——我想——迈出稳健的脚步，就像那些知道自己要去哪儿、为什么要去的人。

我致力于照顾两个孩子，我觉得有必要告诉他们，狗已经死了。我精心选择措辞，找到讲述的正确语调，但伊拉丽亚还是哭了很长时间。刚开始，詹尼语气里带着一丝威胁，有些恶狠狠地说要告诉马里奥，但他很快又抱怨起来：头很痛，恶心。

我还在安慰他们俩，这时卡拉诺回来了。我让他进门了，虽然他态度很好，特别乐于帮忙，但我对他冷冰冰的。两个孩子一直在房间里叫我，他们相信是卡拉诺把狗毒死的，所以不想让他出现在家里，也不愿意同他讲话。

我闻到他身上发出的泥土气息，也感到莫名厌恶。他用那种羞怯、亲切的语气和我说话，我只是用单音节回答他，那就像坏了的水龙头滴出来的零星水滴。

他想告诉我他把狼狗埋在哪儿了，但我对埋葬地点一点也不感兴趣，也不想听他讲怎么完成那项让人忧伤的任务、那地方叫什么。我不但无法专心听他说话，还时不时打断他，对詹尼和伊拉丽亚高喊："住嘴！我马上来。"他很尴尬，只能长话短说。为了盖过两个孩子的叫喊声，还有他们的干扰，他提到了自己的母亲，还有照顾她的晚年时遇到的问题。他不停地在说他母亲的事儿，直到我对他说，那些母亲很长寿的孩子不知道什么是死亡，因此他们永远都不会获得解放。他听了有些难过，很不适地告辞了。

在那天后来的时间，他没再试着和我见面，他带过来的玫瑰在我书桌上的瓶子里凋谢。那个花瓶可怜巴巴，一直都空着，在很久之前，每年我过生日时，马里奥都会模仿普鲁斯特笔下的斯万，给我送一支蝴蝶兰。到了晚上，那朵玫瑰的花冠有些发黑，已经垂了下来，我把它丢进了垃圾筐里。

儿科医生是晚饭后来的，那是位年老的医生，很瘦，特别受两个孩子的喜爱。因为他来给孩子看病时，总是不断给他们鞠躬，称他们为"詹尼先生"、"伊丽小姐"。

"詹尼先生，"他说，"请马上把舌头伸出来，让我看看。"

他很仔细地给孩子做检查，得出的结论是，詹尼生病是因为一种夏季病毒引起的肠胃紊乱，也不排除他吃了不干净的东西。比如说鸡蛋，或者——在客厅里，他低声对我说——是因为遭受了强烈的痛苦。

他坐在写字台前，正打算写药方。我平静地跟他讲述了家里发生的事，就好像我们俩已经习惯交流此类的事：我和马里奥关系破裂，糟糕的一天终于要结束了，还有奥托的死。他耐心地听我说完，很专注，最后摇了摇头，表示真是遗憾。他开了一些乳酸酵素，要我对两个孩子温柔点，还让我喝一些安神茶，好好休息。他答应说，过几天会再过来看看。

35

晚上我睡了很长时间，睡得很沉。

从第二天早上开始，我开始精心照顾伊拉丽亚和詹尼。我感觉他们在仔细观察我，想要知道我是不是重新变回他们熟悉的母亲，或者需要做好心理准备，我又会发生别的突变。我尽一切努力让他们放心，我给他们读童话书，好几个小时都跟他们玩一些无聊的游戏。我夸大了自己的一丝快乐，一直在防止绝望情绪的反扑。他们俩谁也没在我面前提到他们的父亲，也许暗地里说好了。他们也没有说，应该把奥托死了的事告诉他。我觉得很不安，因为我担心，他们害怕伤害到我，会让我再次脱离正常的轨道。我开始提到了马里奥，会讲过去发生在他身上的一些趣事，他表现得很有创意，很机警，或者他做的一些很大胆的事情。我不知道我讲的那些故事会让他们有什么感觉，但他们都听得很认真，有时会高兴地微笑起来。但那些事让我觉得很讨厌，我讲那些故事时，感觉马里奥还继续留在我的记忆里，这让我很不舒服。

后来儿科医生回来看孩子的情况，詹尼的状态很好，已经彻底好了。

“詹尼先生，”他说，“您脸色红扑扑的，您确信没变成一只小粉猪？”

在客厅里，我确信两个孩子听不见我们说话，我问了他一个问题，也是想搞清楚自己有多少责任，有没有可能是我那天夜里在家里喷的杀虫剂，让詹尼的身体出了问题。他排除了这种可能，他提出伊拉丽亚没有任何类似的症状。

“但我们的狗呢？”我给他看了看那个杀虫剂瓶子，上面没有喷雾的按钮。

他仔细看着那个瓶子，看起来有些忐忑，最后说，他没法做判断。他回到两个孩子的房间里和他们告别，弯腰致敬之后，他说：

“伊丽小姐，詹尼先生，真遗憾，我要告辞了。我希望你们早日生病，这样我们就可以再见面。”

他的语气让两个孩子很快乐。后来有几天时间，我们都继续相互用尊称称呼对方：“詹尼先生”、“妈妈夫人”、“伊丽小姐”。他们看起来情绪稳定了，我又回到之前的生活习惯，就像一个人生病住院，在医院里待了很长时间，因为担心再次生病，想要过健康人的生活。我开始做饭，尽量做些新菜，让他们多吃一点。我又切又烤，各种调味。我甚至开始做甜点，但我没什么做甜点的天分，也没有这个爱好。

36

我无法做到像自己希望的那样，表现出可亲的样子或做事高效。有一些征兆让我很担忧：我还是会把锅忘在火上，有时闻不到饭烧煳的味道。之前我觉得很正常的事，现在会觉得恶心，比如绿色的香菜和红色的西红柿皮混合在一起，漂浮在厨房堵塞住的洗碗池上。我做不到像之前一样，对两个孩子留在餐巾上、地板上黏糊糊的剩饭无动于衷。有时我用刨丝器把奶酪擦成碎末，动作那么机械，心不在焉，会割破指甲，还有手指肚上的肉。除此之外——这是我之前从来没做过的——我经常把自己关在洗手间里，长时间地看着自己的身体，检查得很仔细，像着了魔一样。我会摸着我的胸脯，把手指放在肚子的赘肉上。我会用一面小镜子检查自己的阴部，想要看清楚它的损坏情况。我检查自己是不是长了双下巴，上嘴唇有没有起皱纹。我努力让自己不迷失，我很害怕这种努力会加速我的衰老。我觉得我的头发变得稀疏，白头发越来越多，我应该染发。我觉得头发很油腻，我一直在洗头，很小心地把头发吹干。

尤其让我感到害怕的是那些难以分辨的影像、依稀的词语。一旦有一个难以捕捉的思想，一团青紫色的意义、墨绿色的复杂文字滑过脑子，我就会觉得很痛苦，会陷入恐慌。我很害怕，在家里的角落，过于稠密和潮湿的影子会忽然出现，它们窸窸窣窣，在暗处快速移动。这时，我会反复打开和关上电视，只是为了给自己做伴儿。我会用那不勒斯方言，哼唱一首童年的催眠曲，我会受不了冰箱旁边的奥托的碗，或者会忽然无缘无故陷入困倦，会躺在沙发上，用指甲轻轻挠着手臂。

另一方面，在这个阶段，我发现我能做到举止得体，这对我帮助很大。那些脏话忽然就消失了，我感觉不到想要用它们的冲动，我很羞愧自己曾经口无遮拦。我又回到了很讲究的书面语，虽然表达有些杂乱，但会让我和别人有距离感。我又开始控制自己的声调，愤怒沉淀到了底部，我不再话里带话，结果是我跟外部世界的关系变好了。我通过彬彬有礼的方式，让人给我修好了电话。我甚至还发现，我的手机也可以修好。我奇迹般地发现，有一家手机店开着，一个年轻的店员向我说明，我的手机很容易修好，我自己都能修。

为了让自己摆脱孤立的处境，我打了一系列的电话。我想和一些熟人重新建立联系，他们的孩子和詹尼、伊拉丽亚年龄相仿。我想组织一次旅行，一两天也行，来弥补过去黑色的几个月。我打了一个又一个电话，我发现我要把之前的僵局化开，变成微笑、交谈和客气的举动。我又和莱雅·法拉可建立起了联系，在她面前，我表现得很从容。有一次她来找我，小心翼翼地对我说了一件特别迫切的事。她拐弯抹角绕了很大一个圈子，那是她通常爱用的方式，我也没有催促她，没有表现出不安。当她最后终于确信我不会发脾气，她建议我要理性一点，一段关系可能会结束，但没有任何事可以剥夺一个父亲的孩子，或者是剥夺孩子们的父亲，诸如此类的话。最后，她总结说：

“你应该定个时间，让马里奥见见两个孩子。”

“是他让你来的吗？”我问，但并没有咄咄逼人。

她有些不自在地承认了。

“你告诉他，如果他想见孩子，只要打个电话就好了。”

我知道，我应该为我和马里奥未来的关系找一种合适的语调，也不为别的，只是为了詹尼和伊拉丽亚。但我不是很想那么做，我不希望以后再见到他。在和莱雅见面之后的晚上，入睡之前，我感觉衣柜、墙壁、鞋柜里一直传出他的气味。在过去的几个月里，这种熟悉的气味勾起了我的怀念、渴望、愤怒。现在我把这种气味和奥托的死亡联系在一起了，我不再感动。我发现那就好像变成了对一个老男人气味的记忆，可能是在公共汽车上，他用垂老的身体磨蹭过我，这让我很厌烦、沮丧。我等待着那个曾经是我丈夫的男人在接到我的信息后采取行动，但是没有焦灼的心情，只有顺从。

37

奥托一直是我心头的痛。有一天下午我特别生气，因为我看到詹尼把狼狗的项圈套在了伊拉丽亚的脖子上。她在学狗叫，詹尼拽着绳子对她喊道：“乖乖的，坐下，如果你不听话，我会踢你一脚。”我把项圈、狗绳、嘴罩没收了，我把自己关在洗手间里，内心很不平静。在洗手间里，我突发奇想，就好像要在镜子前试一下朋克风格的装饰品。我把那条项圈戴到脖子上。当我意识到自己在做什么时，我哭了起来，把那些东西全都丢进垃圾筐里。

九月的一个早上，两个孩子在假山公园里玩耍，他们时不时会和别的小孩吵架。我好像远远看到了我们的狼狗，真的是它，正在快速跑过。我坐在一棵橡树下的长椅上，旁边不远处有个小喷泉，一直都会喷水出来，很多鸽子在那里喝水，水滴溅到鸽子的羽毛上。我在艰难地写着东西，对于身处何处并没有清晰的意识。我只听到喷泉汩汩的水声，还有岩石间小瀑布、水流过水草的声音。忽然间，我眼睛的余光看见一条狼狗的影子，倏忽地穿过草地。有那么一刹那，我确信那是奥托，它从死者的岛屿回来了。我想，我内心的某些东西在崩塌，我感到很害怕。实际上——我马上察觉——那是一条陌生的狗，跟我们那条不幸的狼狗没有任何共同点。它只是像奥托一样，在草地上跑完一圈之后，做它习惯做的事：在喷泉里喝水。它跑到喷泉跟前，聚集在那里的鸽子一下子飞走了。它对着在喷水口附近嗡嗡叫的马蜂吠叫了几声，用紫红色的舌头开始舔水，贪婪地喝着喷口里流出来的亮晶晶的水。我合上笔记本，愣愣地看了一会儿，有些感动。那条狗比奥托更壮、更肥。我甚至觉得它的脾气没有奥托好，但它一样勾起了我的柔情。它听到主人的口哨声，毫不犹豫地跑开了。那些鸽子又飞回来，在喷泉跟前戏水。

下午，我找到了兽医的电话，是个名叫莫莱里的医生。奥托生病的时候，马里奥会带着它去找这个兽医。我一直都没机会认识他，但我丈夫提到他时总是赞不绝口。他是都灵理工大学一位教授的弟弟，马里奥和那位教授关系很好，他们经常一起工作。我给他打了电话，他很客气，声音低沉，就好像电影演员在念台词，他让我第二天去找他。我把孩子放到认识的人家里，就去了诊所。

那个兽医是一家动物诊所的主任医师，一块天蓝色的牌子日日夜夜都亮着。我走下一段很长的台阶，来到了一个小小的入口，那里灯火通明，动物的气味浓烈。一个黑头发的姑娘接待了我，医生正在做手术，她让我在旁边一个小客厅里等着。

在小客厅里，有几个人在那里等着。有人带着狗，有人带着猫，还有一个三十岁左右的女人，怀里抱着一只黑色的兔子，她不停用手抚摸着它，动作有些机械。我研究了一个布告牌，上面写着血统高贵的动物的交配建议，还有一些走丢了的狗或者猫的详细描述。时不时会有人过来打探他们心爱的宠物的情况：有个人询问了一只住院的猫的情况，想要得到确切的消息；有个人询问一条正在化疗的狗的情况；还有一位太太，为她快要死去的卷毛狗伤心难过。在那地方，痛苦会越过人脆弱的门槛，在家养动物的广阔世界里散布开来。我在那地方，也闻到了奥托痛苦的气味，还有那气味勾起的不适。我感到一阵轻微的晕眩，浑身都是冷汗。很快，对于奥托的死，我担心自己需要承担责任。这种责任被我无限放大，我感觉自己那时极端残忍、轻率，我的不适感在增强。大厅角落里开着的电视，正在报道着人类世界各种残酷的消息，这也没能减轻我的负罪感。

我等了大约一个小时才见到医生。不知道为什么我会想象他是个性格易怒、肥胖的男人，身上穿着带着血迹的白大褂，手背上有很多毛，脸很宽，满脸玩世不恭的神情。实际上，我见到的是一个四十多岁的高个子男人，身材干瘦，有一张和蔼、宜人的脸，蓝色的眼睛，宽额头，一头金发。他身上干干净净的，看起来很清爽，就是医生给人的感觉。除此之外，他还是老派男人的样子，带着一丝忧伤，就好像之前的世界在他周围坍塌。

医生很仔细地听了我的描述，我讲了奥托的惨状，还有死时的情景。他只是时不时打断我，建议我用一些专业术语：流涎，呼吸困难，肌肉抽搐，大小便失禁，癫痫症状，让我散漫、印象式的表述变得更准确。最后，他总结说，几乎可以肯定：杀死奥托的是士的宁，不完全排除是杀虫剂。好几次，我提到了杀虫剂，但他表示怀疑。他说了一些我不怎么听得懂的词汇，比如“二嗪磷”和“甲萘威”。最后他摇摇头，总结说：

“不，我觉得应该是士的宁。”

在他面前，就像在那个儿科医生面前，我忍不住讲了我的处境。我那天特别想用准确的词语来描述发生的事，好让自己安心。他一直在听我说，没有表现出任何不耐烦，他用专注的眼神看着我的眼睛。最后他用平静的语气对我说：“您没有任何责任，您只是太敏感了。”

“过于敏感，可能也是一种错。”我重申说。

“真正的错在马里奥身上，他情感太迟钝了。”他说，并用目光告诉我，他很清楚我的理由，他认为他朋友不对。最后他还说起了一件事情：为了获得一个项目，我丈夫用了投机做法。那也是他听到的闲话，都是从他哥哥那里听到的。我感到很惊异，我不知道马里奥还有这一面。那位医生露出了微笑，牙齿很整齐。他补充说：

“哦，除此之外，他是个有很多优点的男人。”

他最后那句话，从说坏话一下子变成了恭维，我觉得简直太成功了。我想，成年人的正常处事态度和技巧，就应该像他这样，我真应该学习学习。

38

那天晚上，我带着两个孩子回到家里。遭到遗弃之后，我第一次感觉到家里温暖、宜人的气息。我和两个孩子开玩笑，说服他们洗澡、上床睡觉。我已经卸妆了，正打算去睡觉，这时我听见了有人用手关节轻轻叩门。我从猫眼往外看，是卡拉诺。

在埋葬了奥托之后，我很少遇见他。我总是跟两个孩子在一起，见面也只是打招呼。他一直都看起来很谦卑，经常弓着背，就好像为自己长那么高感到羞愧。我第一个念头是：不给他开门。我觉得他可能会把我推向痛苦，但我看到他梳了一个新发型，没有梳分头，灰色的头发刚刚洗过。我想，在决定上一段台阶，来到我的门口之前，他一定用了很长时间打扮自己。他用指关节敲门，没有摁门铃吵醒两个孩子，我也很欣赏他的态度。我拧开了锁眼里的钥匙。

他用有些迟疑的动作，首先向我展示了一瓶冰好的白葡萄酒。又有些忐忑地告诉我，那是一九九八年布特里奥产地的皮诺，是我去他家时带的酒。我说，当时我是随便拿了一瓶酒，并不说明我很喜欢它。我讨厌白葡萄酒，喝了会让我头疼。

他耸了耸肩膀，一句话都没有说。他站在门口玄关那里，手里的瓶子上全是冷凝的水珠。我轻声说了句谢谢，把那瓶酒接了过来。我向他指了指客厅，就去厨房拿开瓶器。当我回到客厅时，看到他已经坐在了沙发上，手里在把玩着奥托咬过的杀虫剂瓶子。

“狗把这个瓶子咬得不成样子了，”他说，“为什么不丢掉呢？”

那只是为了打破沉默、随便说的话，但他提到奥托，让我很厌烦。我给他的杯子里倒满酒，对他说：

“喝吧，喝完赶紧回去吧。太晚了，我很累。”

他狼狈地点了点头，但他一定想着我说的不是真话。他期待我能慢慢变得客气一点、随和一点。我不满地叹了一口气，对他说：

“今天我咨询过兽医了，他告诉我，奥托是被士的宁毒死的。”

他摇了摇头，露出了难过的表情，很真诚。

“有的人很坏。”他嘀咕了一下，我开始还以为他说的是那个兽医，后来我明白，他说的是经常去公园的人。我仔细地看着他，说：

“你呢？你威胁了我丈夫，你对他说你会把狗毒死。这是两个小孩告诉我的。”

我看到他满脸惊异，随后是无辜和难过。我注意到，他很着急地摆了摆手，好像要把我说的话驱赶开。我听见他很忧伤地说：

“我想说的是另一件事，他没有听明白。威胁说要毒死狗的话，是我听别人说的。我也告诉你了……”

但这时他忽然激动起来了，语气很尖刻：

“再说，你也很清楚，你丈夫觉得自己是这个世界的主人。”

我觉得如果我告诉他，我一点也不清楚，这没有什么用。我对我丈夫的看法不是这样，此外，我已经把他从生活中排除出去了。他离开之后，长期以来我赋予生活的意义也离开了我。这件事忽然发生了，就好像在一部电影里，在高空中看到飞机上裂开了一个洞。我没时间对他保留一点点好感。

“大家都有缺点，他也难免，”我忍不住说，“他和大部分人都一样。有时很好，有时让人厌恶。我来找你时，难道不是也做了些可耻的事、我做梦也想不到的事？那是没有任何爱意的行为，连欲望也没有，纯粹的绝望和报复。虽然如此，我也不是个坏女人。”

我觉得这番话让卡拉诺受到了强烈的打击。他有些担忧地问：

“你一点儿都不在乎我吗？”

“不在乎。”

“即使是现在，你也一点儿都不在乎吗？”

我摇了摇头，尽量挤出一个微笑，想让他觉得这是生活中经常会发生的事，就像玩牌时输了一场。

他放下了杯子，站了起来。

“对于我来说，那个夜晚特别重要，”他说，“今天比那天还要重要。”

“我很遗憾。”

他笑了一下，摇了摇头，否认了我的话。他觉得我一点儿都不会遗憾，那只是我想赶快结束对话的方式。他忍不住说：

“你和你丈夫没什么差别，再说，你们在一起那么长时间。”

他走到门口，我很虚弱地跟在后面，在门槛那里，他把杀虫剂瓶子递给了我，他差点儿要带走。我接了过来，以为他会甩门而去，他却轻轻关上了身后的门。

39

这次见面，让我内心很苦涩。我晚上没睡好，决定尽量要减少和这位邻居接触的机会，他说的寥寥几句话，已经让我很难过了。我在楼道里遇到他，他向我打招呼，我会很艰难地回应他，然后匆忙走开。我感觉他会用谴责而忧伤的目光盯着我的背影。我想，我不知道要用多长时间，才能摆脱那种充满怨恨也充满期待的眼神。除此之外，我真是活该，我在他面前太草率了。

但事情很快向另一个方向发展。时间一天天过去，卡拉诺小心翼翼，避免和我见面。他只是通过一些忠心耿耿、充满善意的表示来体现他的存在。有时，我会在家门口看到我忘在小区前厅里的购物袋、放在公园长椅上的报纸或笔。我也尽量避免感谢他，我脑子里一直回响着那天我们见面时，他说的只言片语。我努力琢磨那些话，后来我发现最让我不安的是，他默默地谴责我像马里奥。我无法摆脱这种感觉：他对我说了句实话，虽然让人很不舒服，比他想象的更让我不舒服。我长时间反刍着这句话，尤其是学校开学了，两个孩子不在家里，我有了更多胡思乱想的时间。

在初秋温暖的早晨，我坐在花园的长椅上写东西，那里有很多石头。表面上我是给我的新书做笔记，我自己是这么想的。我想剥去外衣——我想——想深入精确地研究我自己，不惜说自己的坏话，我想要深入讲述那几个月遭遇的痛苦。实际上，我一直在想着卡拉诺让我反思的问题：我真的像马里奥吗？他这话是什么意思？我们因为性格相似，才选中了对方，还是随着时间的流逝，我们越来越像？我爱上他时，我和他在哪些方面很像？在我们的关系开始时，我认同他身上的哪些东西？哪些思想、动作、语气、品位、性习惯，是在这些年里他传递给我的？

在那个阶段，我写满了一页页类似这样的问题。马里奥离开我了，如果他不再爱我，如果我也不再爱他，那为什么我身体里还承载着那么多他的东西？我在他身上留下的印记，在那么多年他和卡尔拉秘密来往中，应该已经被抹去了。我和他相似的地方，当时我应该觉得很可爱，现在不再觉得了，我怎么才能真正抹去那些东西？我如何彻底从身体上、头脑中抹去那些印记，而不用担心会抹去自己？

只有在这种时候，早上的阳光在草地上、在树荫间移动，那些树荫就像深色天空中明媚的绿色云彩，我才会带着羞愧，想到卡拉诺充满敌意的声音。马里奥是不是真是个霸道的男人，他确信自己可以对所有人、所有事颐指气使？他甚至是个机会主义者，就像那位兽医提到过的？我从来都没发现，自己是和这样一个人生活在一起，我一直觉得他的行为很正常，这是不是意味着：他和我很像？

我花了几晚上时间看那些家庭照片，寻找自己在认识我丈夫之前的身体里，和现在的我不一样的地方。我把少女时期的照片，和后面几年的照片进行对比。我想发现，自从我和马里奥交往之后，我的目光发生了什么变化。我想看看，后来我的目光有没有变得像他。他的种子进入了我的肉体，让我的身体发生变形，我的身体变宽变重，他让我怀孕了两次。这话说出来就是：我怀了他的孩子，我给他生了两个孩子。如果我试图告诉自己，我什么也没有给他，两个孩子首先是我的，他们一直在我身边，我一直在照顾着他们，我同时不可避免地想到，那些难以改变的天性潜伏在孩子身上，马里奥会在他们的骨头、血肉中忽然爆发出来，在以后的日子里会越来越明显。我在没有意识到的情况下，不得不继续爱他，只是因为我爱两个孩子？那是一对夫妻难以撇清的混合。虽然两人的关系破裂、终止了，但还是通过一种秘密的方式继续发生作用，它不会死掉，也不想死掉。

在一个漫长、寂静的夜晚，我用剪刀剪出了我的眼睛、耳朵、腿、鼻子、手，还有两个孩子的、马里奥的。我把这些部件贴在一张绘画纸上，得到了一张难以描述的未来主义式图画，一个可怕的身体，我匆忙把它丢进了垃圾筐里。

40

莱雅·法拉可在几天后出现时，我马上明白，马里奥没有任何和我正面交涉的意图，即使是打电话，而使者不会传递痛苦。莱雅说，我在路上打了他之后，他觉得我们尽可能不要见面，然而两个孩子他还是要见，他想念他们。他问我，周末能不能让他们去他那里？我对莱雅说，我会问两个孩子，让他们做出选择。她摇了摇头，说了我几句：

“你别这样，奥尔加，孩子能做什么决定呢？”

我没有听她的，我想，我可以处理好这件事，就好像我们仨可以商量讨论，进行表决，一致同意，或者大部分支持，然后做决定。詹尼和伊拉丽亚从学校回来时，我就和他们说了这件事。我说，他们的父亲想在周末跟他们相聚。我解释说，他们可以决定去还是不去。我告诉他们，他们可能会认识他的新妻子（我用的就是“妻子”这个词）。

伊拉丽亚没有丝毫犹豫，马上问我：

“你希望我们怎么做呢？”

詹尼插了一句：

“笨蛋，她说让我们来决定。”

他们看起来明显很忐忑，问我他们能不能商量一下。他们关在自己的房间里，我听见他们吵了很长时间。他们从房里出来时，伊拉丽亚问我：

“如果我们去的话，你会难过吗？”

詹尼推了她一下，说：

“我们决定留下来，和你在一起。”

我很羞愧，让他们经历这种情感考验。星期五下午，我让他们好好洗了澡，穿上最好的衣服，把他们的东西装在两个背包里，陪他们去了莱雅家里。

在路上，他们一直坚持说，不想和我分开。他们问了我一百次，星期六和星期天会做什么。最后他们上了莱雅的车子，带着激动不安的期盼消失了。

我在外面散步，去了电影院。回到家里，我没有摆盘子，站着吃了晚饭，开始看电视。莱雅晚上给我打了电话，她说，两个孩子和父亲见面的场景很感人，也很美好。她有些不自在地告诉我马里奥现在的住址，他和卡尔拉住在克罗切塔区，是那姑娘家里的房子，很漂亮。最后，她邀请我第二天晚上去她家吃饭。虽然很不情愿，但我还是接受了。空荡荡的一天很糟糕，夜幕降临时，这一天会像活结一样勒紧你的脖子。

我去了法拉可家，感觉去得太早了。他们尽量陪我聊天，逗我开心，我很努力，表现得很热情。后来我忽然看了一眼摆好的桌子，不由自主地数了数盘子、凳子，是六个。我一下子变得很不自在：两对夫妇，加上我，还有第六个人。我马上明白，莱雅想要撮合我和某个男人，她打算给我提供机会，可能是一场偶遇、一段临时或长久的关系，谁知道呢。当托雷利夫妇和那位兽医来了之后，我的推测就得到了确认。莫莱里医生是我一年前作为马里奥的妻子和他们一起吃晚饭时就已经认识的，也是在奥托死后，我去找他咨询的那个兽医。莫莱里——莱雅丈夫的好朋友，人很和善，他对于都灵理工那些风流韵事也一定很清楚，很明显，他受邀来给我作伴。

这让我很沮丧。我想这就是我要面对的现实：类似这样的夜晚，出现在陌生人家里，扮演一个需要重建生活的女人，受那些不幸已婚的女人支配，她们急迫地推荐她们觉得迷人的男人。我接受了这个游戏规则，无法坦白说出那些男人只能让我很不自在，因为他们的目的太明确了。在场的人都清楚，他会试探冷冰冰的我，会热情洋溢，试图温暖我，在我面前摆出诱惑者的样子，进行各种尝试。他们和我一样，都是孤单的男人，和我一样因为陌生的环境而害怕，他们被失败还有空洞的岁月消耗，是些鳏夫、分手的、离异的、被遗弃、被背叛的人。

整个晚上，我都没说什么，一个无形、尖锐的圆环包围着我。那位兽医的每句话，都期望我欢笑或微笑，我既不笑，也不微笑。有一两次我把膝盖挪开，因为他挨到我了。每次他的手无缘无故放在我手臂上，表现得很亲密，在我耳边说什么时，我的身体都会变得僵硬。

我想，我再也不要参加这样的晚宴，在那些好心的媒人家里走动。他们制造相识机会来看你的表现，想要知道会有什么结果，看男人有没有做他应该做的，你有没有做出应有的反应。对于那些已经成双成对的人，这场节目简直是太精彩了。客人都走了，桌子上全是残羹冷炙，那也是他们的好谈资。我对莱雅和她丈夫表示感谢，很早就走了。我忽然间就离开了，那时他们正和客人在客厅里喝酒聊天。

41

星期天晚上，莱雅把两个孩子送回来了，我松了一口气。他们很累，但看起来很开心。

“你们都做了什么？”我问。

詹尼回答说：

“什么也没做。”

最后我得知他们去了游乐场，去瓦力高迪看了海，午饭和晚饭都是在馆子里吃的。伊拉丽亚对我张开手臂说：

“我吃了这么大一个冰激凌。”

“你们玩得开心吗？”我问。

“不开心。”詹尼说。

“很开心。”伊拉丽亚说。

“卡尔拉也在吗？”我问。

“在的。”伊拉丽亚说。

“不在。”詹尼说。

上床睡觉之前，我女儿带着一丝不安问我：

“下个星期，你还会让我们去吗？”

詹尼在他床上看着我，有些忧虑，我说，会的。

在家里，在寂静的夜里，我想要写作。我想到两个孩子，一个星期又一个星期过去，他们会把父亲的形象印在心里。他们会模仿他的动作、学他的语气，和我的动作、语气混合在一起。我们夫妻解体了，但我们的关系，还是会越来越清晰地反映在他们身上，交织在一起，难以厘清谁是谁。我们的关系会一直存在下去，虽然已经没有存在的根基或理由。我把我的想法写了下来。我想，两个孩子会渐渐接纳卡尔拉。伊拉丽亚会不动声色地研究她，会学她化妆的动作、走路的样子、笑的方式，还有对颜色的偏好。一来二去，她会把我的特点、品位、我漫不经心的动作和卡尔拉的混合起来。詹尼会暗地里渴望她，在夜晚黏糊糊的床上会梦见她。我的两个孩子会认识卡尔拉的父母、她的祖祖辈辈，和我的父母、祖祖辈辈临时交叉在一起。我们内心会百感交集，有一种大杂烩的感觉。在我想这些事时，我觉得“我的孩子”中“我的”这个物主形容词特别荒谬。直到我听见狼狗舔碗的声音，才停止写作，奥托活生生的舌头舔着它的塑料碗。我站起来，去看看它的碗是不是空的，是不是没有水了。那条狼狗有一颗忠诚而警觉的灵魂。然后我上床睡觉，很快就进入了梦乡。

第二天我开始找工作。我没有什么技能，但因为早年和马里奥在世界各地工作，我至少懂三门语言。在莱雅丈夫的一些朋友的帮助下，我很快在一家租车公司找到了工作，处理一些国际信函。

我每天的日子变得比平时更繁忙：上班，买菜，做饭，收拾屋子，照顾两个孩子。我想写东西，还有一系列紧急需要完成的事。这是我晚上列的单子：买一些新锅；给水管工打电话——洗手池漏水；让人修理客厅的百叶窗；给詹尼买一套运动服；给伊拉丽亚买新鞋子，她的脚长大了。

从星期一到星期五，我精神饱满开始连轴转，但已经不像之前几个月那样，充满病态的执念。那就像一条绷直的绳子，把日子穿在一起，我在上面快速地滑过，没有心事，越来越熟练，表现出一种假装的平衡。到了周末我把两个孩子交给莱雅，她把他们带到马里奥那里。漫长的周末，会有一段空洞的时间，我会觉得自己像站在一口井的边缘，我的平衡也是临时的，摇摇欲坠。

至于两个孩子，星期天晚上回来时会做一个简报，对我来说很苦涩。他俩都习惯了来往于我家和马里奥家，他们很快就不再留心什么话会伤害到我。詹尼开始赞美卡尔拉家里的厨房，说很讨厌自己家的。伊拉丽亚说，她和她父亲的新妻子一起洗澡，她说卡尔拉的胸脯比我的好看，她很惊异卡尔拉的阴毛是金色的。她仔细描述了卡尔拉的内衣款式，让我发誓，她的胸脯一发育就给她买颜色一样、质量一样的文胸。两个孩子都有了新的口头禅，当然不是从我这里学的，他们不断地说“实际上”。伊拉丽亚谴责我，因为我不愿意买卡尔拉经常炫耀的一个奢华的化妆包。有一天，我们正在吵架，她不喜欢我给她买的一件小外套。她对我大喊：“你太坏了，卡尔拉比你好。”

后来有一段时间，我不知道他们不在家时我好过一些，还是他们在家时我惬意一些。比如说，我意识到，他们已经不顾及谈论卡尔拉会伤害我，但他们还是充满敌意地监视着我，确保我只照顾他们，不把心思放在别处。有一天他们不用去上学，我把他们带到了我工作的地方，让我惊异的是，他们一直都很乖。一个男同事请我们仨吃午饭，他们老老实实坐在椅子上，安安静静，很听话，没有吵架，没有面带微笑、交换暗含深意的眼神，没有说些他们的暗语，也没有把桌布弄脏。我后来才明白，他们在私下研究那个男人对我的态度，他对我的关注，我和他说话时的语气。他们用儿童特有的直觉在捕捉他在我面前流露出的微弱的性意味，但那纯属工作间隙的午餐。

“你有没有注意到，他每说完一句话都会吧唧一下嘴。”詹尼问我，明显带着好奇和敌意。

我摇了摇头，我没有注意到。他为了让我注意到，很滑稽地吧唧了一下嘴，然后噘着嘴，显得嘴唇很厚，每说两个词，就会发出吧唧的声音。伊拉丽亚笑得眼泪都出来了，哥哥每演示一次，她都会笑得上气不接下气地说，再来一次。过了一会儿，我也笑了起来，虽然他们的恶意让我有些迷惑。

晚上詹尼来到了我的房间，想要亲吻我，给我道晚安。他忽然拥抱了我，亲吻了我的脸颊，发出吧唧的响声，口水都溅到了我脸上。他和妹妹回到他们的房间里狂笑。从那时候开始，我无论做什么，他们都会批评。同时他们开始公然说卡尔拉的好话，他们让我猜卡尔拉教给他们的谜语，就是想要刁难我。他们强调说，马里奥的新家很舒服，我们的家又丑又乱。詹尼很快就变得让人无法忍受，他毫无理由地大喊大叫，摔东西，和同班同学打架，打伊拉丽亚。有时他会很生自己的气，会咬自己的胳膊和手。

十一月的某天，发生了一件事。他和妹妹在放学回家的路上，每人买了一个巨大的冰激凌。我不知道当时是怎么一回事，也许是詹尼吃完了自己的那个，期望妹妹会把剩下的冰激凌给他，他很馋，总是肚子饿。后来他推了伊拉丽亚一把，她倒在了一个十六岁学生的身上，巧克力冰激凌把那男孩的衬衣弄脏了。

那男孩最初只是检查自己的衣服，但后来忽然发火了，开始凶伊拉丽亚。詹尼抡起书包直接打在他脸上，又猛咬他的手。那男孩用另一只空着的拳头猛击詹尼，扇他耳光，他才松口。

我下班回家，用钥匙打开门，听到了家里传来卡拉诺的声音。他在客厅里和两个孩子聊天。刚开始，我冷冰冰的，不知道他为什么会出现在家里，他怎么不经邀请就来了。结果我看到了詹尼，他一个眼窝乌青，下嘴唇裂了。我顾不上卡拉诺，急忙扑过去抱住了儿子。

后来，我才渐渐明白发生了什么。卡拉诺在回家的路上，看到我的两个孩子陷入麻烦之中。是他把那个怒火中烧、狂揍詹尼的男孩拉开，安慰了绝望的伊拉丽亚，陪着他们回家。不仅如此，他还给他们讲了他小时候打架的故事，让他们心情变好了。两个孩子现在促使我让他讲下去。

我对他表示感谢，除了这件事，还有他帮的其他忙。他看起来很高兴，只是说了一句不该说的话。他在告别时说：

“也许他们还太小了，不应该自己回家吧。”

我回答说：

“不管小不小，我没有别的办法。”

“有时我可以帮忙照顾一下。”他鼓起勇气说。

我对他表示感谢，但语气变得冷漠。我说，我一个人可以想办法，然后关上了门。

42

在那次打架事件后，詹尼和伊拉丽亚的表现并没有好起来。他们依然无中生有，用想象出来的错误指责我。同时他们忽然转变了阵营，很难说清楚其中的原因，他们不再觉得卡拉诺是个敌人——害死奥托的人，之前他们就是这样称呼他的——现在，他们在楼道里遇到他，会亲切地跟他打招呼，就好像他是一起玩儿的伙伴。他会有些可怜巴巴地挤挤眼睛，或者用手很克制地打个招呼，就好像很担心打破一个界限。很明显，他不想让我受到冲击，但两个孩子期望更多，他们不满足于目前的状况。

“你好，阿尔多。”詹尼对他大喊。如果卡拉诺不回应他，没有低着头对他嘀咕一句“你好，詹尼”，他是不会罢休的。

我一把扯过儿子，对他说：

“你是怎么回事儿？这么没有分寸，你应该礼貌一点。”

但他根本就不管我，会趁机提出各种无理要求，比如给耳朵打眼儿，戴耳环，第二天把头发染成绿色。

星期天——有时候，马里奥不能带他们，这种情况比较多——我们在家时，特别让人心烦，我们经常会相互指责，吵得很凶。我会把他们带到公园里，我让他们玩旋转木马，一圈又一圈。秋风已经刮掉了树上的黄叶和红叶，落叶堆积在小路上，或者落入波河的水里。但有时候，尤其是潮湿而多雾的星期天，我们会去市中心。他们在喷泉旁边追逐嬉戏，地面上的喷口喷出白色的水流，而我会漫不经心地在周围闲逛。我要小心，内心各种声音交织在一起，在我脆弱时，有些情景会回到我脑海里。有些时候我会特别不安，我尽量捕捉那些夹杂着南方口音的都灵话。这会让我回忆起童年那段让人回味的温柔时光，对过去的印象，岁月的积累，和家乡保持适当的距离，特别适合回忆。更多时候，我会坐到一边，在埃曼努埃莱·菲利伯托纪念馆后面的台阶上。这时詹尼手上拿着他父亲送给他的一把机关枪——那是科幻电影里的道具，他会给妹妹上课，告诉她一九一五到一九一八年的残酷战争。他会为死亡士兵人数、那些战士青铜色阴郁的脸，还有他们脚下的步枪而激动。我会看着花坛，盯着草地上冒出来的三个神秘而刺眼的烟筒，它们就像潜望镜一样，监视着灰色的城堡。我没有任何感觉，没有任何事情可以安慰我。尽管我想，现在我在这里，我的两个孩子活蹦乱跳，在一起玩儿。痛苦已经提炼过了，让我有些无力，但没让我破碎。我时不时会用手指抚摸一下长袜上面一点的位置，那是伊拉丽亚给我留下的伤口。

后来发生了一件事情，让我很惊异，也很不安。还没到周末，我下班在手机上听到了莱雅给我的留言。她邀请我去听一场音乐会，她说，她特别希望我和她一起去。她特别迷恋古典音乐，我听出她的声音里有一丝兴奋，还有提到古典音乐时的滔滔不绝。我不想出门，但就像那段时间我生活中的很多事，我都是强迫自己去做的。我有些担心她暗地里安排了我和那个兽医再次见面，我犹豫了很久，不想整个晚上都绷着神经。最后我决定，无论那个兽医去不去，音乐会总会让我很放松，音乐总是会起到效果，会打开围绕着某种情感、拧在一起的神经。就这样，我打了一圈电话，安置好詹尼和伊拉丽亚。当我找到办法后，我不得不说服他们：负责照顾他们的人是我的朋友，不像他们说的那么可憎。最后他们同意了。伊拉丽亚冷不防提出了一个问题：

“鉴于你从来都不在家，就让我们和爸爸一直生活在一起吧。”

我什么都没说，每次我想大喊大叫，都会被内心的恐惧抑制住，因为担心自己可能重新迷失，我忍住了。我和莱雅碰头了，我舒了一口气，因为她是一个人。我们坐着出租车，去了城外一家小剧场。那栋建筑就像个核桃壳，线条很平滑，没有角。在那种环境下，莱雅认识所有人，所有人也都认识她，我感觉很自在，享受着她的名望和光彩带来的关注。

在小小的音乐厅里，有一段时间，全是窸窸窣窣、低声呼朋唤友的声音。大家都在相互打招呼，空气中弥漫着香水的味道，还有人群的气息。后来我们找位子坐下了，音乐厅里安静下来，灯光调暗了一些，乐手和一个女歌手入场。

“他们都特别棒。”莱雅在我耳边小声说。

我什么都没有说。让人难以置信的是，在那些乐手中间，我认出了卡拉诺。在聚光灯下，他看起来很不一样，比平时显得更高挑，他纤瘦优雅，每一个动作都熠熠生辉，他的头发也散发出贵金属的光泽。

他开始演奏大提琴，和我同住一栋楼的那个男人的形象，一下子彻底消失，他变成了一个让人振奋的幻影，浑身上下散发着无穷的魅力。那把大提琴像是和他浑然一体，他身上迸发出那些神奇的音符，活生生地和他的胸部、腿、手臂、手、入神的眼睛以及嘴紧密相连。

在音乐的推动下，我在脑子里平静地过了一遍他房子里的样子：桌子上的酒瓶、斟满酒或空空的杯子。那个黑色星期五之夜，赤裸男人的身体、舌头、性器。我在记忆里寻找那些影像，在那个穿着浴袍的男人身上，在那天夜里的男人身上，我找不到音乐厅里的这个男人。真的很荒唐，我想，我和眼前这位出色、迷人的先生赤裸相见，却从来没有真正看见他。现在我看见他了，我觉得当时的私密并不属于他，是另一个人取代了他。可能是我青少年时期的一个噩梦留下的记忆，也许是一个崩溃的女人在睁着眼睛做梦。我在哪里？我落入了一个什么样的世界？我沉浸在哪个世界里？我回到了什么生活中？带着什么目的？

“你怎么了？”莱雅有些担心地问我，可能是我的激动让她有些不安。

我小声说：

“那个拉大提琴的是我邻居。”

“他很棒，你跟他熟吗？”

“不，我跟他一点儿也不熟。”

音乐会结束时，大家都拼命鼓掌，掌声一直在继续。乐手来到前台，返场致谢。卡拉诺深深地鞠躬，他的身体谦卑地弯曲着，就像风中的火焰一样，他金属色的头发先是垂向地板，站直身子时，头发忽然间都甩向脑后，变得很整齐。他们又演奏了一段音乐，那个美丽的女歌手，用她陷入爱情的声音打动了我们，大家又开始鼓掌。观众不想让那些乐手离开，在掌声最激烈时，他们像被吸入进舞台的阴影之中，硬生生被排挤出去了。我目瞪口呆，我感觉我的皮肤紧紧地绷在肌肉和骨头上。这才是卡拉诺真实的生活，或者是他虚假的生活，但现在我觉得，不管真不真实，这才是他的生活。

我试着平息内心受到的冲击，但我做不到。我感觉整个剧场的人都站起来了，舞台在下面，我好像在高处，在边上从一个裂缝里朝下看。一个观众在搞怪学狗叫，很明显他想回去睡觉，很多人都笑了，掌声这时才慢慢平息下来。整个舞台空了，投上了一层黯淡的绿光。我好像看到奥托的影子欢快地跑过舞台，就像富有光泽、充满活力的皮肤里一道深色的血管，我没有害怕。未来——我想——将会是这样，生活总是夹杂着死人世界的潮湿味道，有时注意力很集中，有时会走神，心脏充满热情的波动和忽然的失落虚空会交织在一起，但永远都不会像过去那么糟糕。

在出租车里，莱雅问了我卡拉诺的情况。我很谨慎地回答了她，她变得不可理喻，好像很嫉妒我，像是我把这个富有天分的男人藏了起来，没有告诉她。她开始抱怨这场演出的水平。

“他好像有些不灵光。”她说。

后来，她很快补充了一些类似这样的话：他停留在原地，像是陷在了泥潭里；他无法实现质的飞跃；他很有天分，就是被缺乏自信给毁掉了；一个过于谨慎、低调的艺术家。我们已经在我家楼下了，在告别之前，她忽然提到了莫莱里医生。她把猫送过去给他看，莫莱里医生问起了我，问我现在还好吗，有没有度过失恋的痛苦时光。

“他让我告诉你，”我进入大门时，她对我大喊着说，“他又想了一下，他不是很确信奥托是吃了士的宁，你给他提供的信息不够完整，他要你去再跟他详细说说。”

她在出租车的窗口，坏笑了一下，车子正在重新启动：

“奥尔加，我觉得那是个借口。他想见你。”

自然了，我不会再去找那位兽医，虽然他是个很不错的男人，看起来很可信。我很害怕随意的一夜情，我感觉很恶心，尤其是我不想知道，杀死奥托的是士的宁还是其他东西。一系列的事件巧合，像一张网子断开了，狼狗溜走了。我们会留下不少这样的缺口，分析因果时会发现很多无意中撕开的裂缝。最要紧的是那根绳子，那个兜住我的网子不会断开。

43

那天晚上之后，有好几天我都要和詹尼、伊拉丽亚的不满情绪作斗争。他们指责我，说我让他们和陌生人待在一起，指责我和陌生人一起出去玩。他们用严厉、毫不留情的语气谴责我。

“你没把牙刷放在我包里。”伊拉丽亚说。

“我感冒了，因为他们家没开暖气。”詹尼说。

“他们硬让我吃金枪鱼罐头，我吐了。”女儿毫不客气地说。

一直到周末来临之前，我都是他们的眼中钉，什么事都是我的错。詹尼用讽刺的眼神盯着我——那种目光属于我吗，因此我很讨厌他？那是马里奥的眼神吗？或者是他从卡尔拉那里学来的？——他俩较劲儿一样地保持沉默。伊拉丽亚为很小的事情大喊大叫，会号叫着一下子扑倒在地上，会咬我，一不称心如意就满地打滚：找不见一支铅笔；漫画书有一页撕裂了；她头发有些鬈，她想要直发，都是我的错，因为我的头发是鬈的，她父亲的头发很好。

我任由他们闹腾，我见过更糟糕的。我忽然觉得，他们的讽刺、沉默和叫喊，是他们暗地里商量好的，来掩盖他们的震惊，或者是他们在找理由减轻他们的惊异。我只是担心我们家的邻居会报警。

有一天早上，我们准备要出门，他们上学要迟到了，我上班也快要迟到了。伊拉丽亚很焦虑，对一切都很不满，尤其是脚上穿的鞋子。那双鞋子她至少已穿了一个月，那天忽然让她觉得脚痛。她趴在楼梯间的地板上，踢我刚刚关上的门。她一边哭一边喊，说她的脚很疼，不能穿着那双鞋去上学。我问她脚哪里疼，并没有催促她，而是很耐心地询问她。这时詹尼一直在一边笑，他说，把脚削下来一块吧，弄小一点，鞋子就能穿上了。我说，够了，闭嘴，我们赶紧走吧，要迟到了。

这时我听到了楼下的门锁响了起来，卡拉诺用带着睡意的声音在问：

"需要帮忙吗？"

我羞红了脸，就好像正在做见不得人的事，不小心让别人看到了。我把一只手放在伊拉丽亚的嘴上，用力捂住，用另一只手把她从地上弄起来了。女儿马上就闭嘴了，我再也不听之任之，我的行为让她很惊异，詹尼用疑惑的眼神看着我。我尽量用正常的语气回答说：

“不用，谢谢，实在不好意思。”

“如果我能帮上什么，尽管说……”

“一切都很好，不用担心，谢谢了。”

詹尼大声喊了一句：

“再见，阿尔多。”但我一下子把他拉了过来，紧紧抱住他，用大衣堵住了他的鼻子和嘴，不让他多说。

我小心翼翼地锁上了门，有些懊悔，现在卡拉诺让我有一种敬畏的感觉。尽管我很清楚他会对我做什么，我不想相信我所知道的。在我眼里，住在楼下的男人具有一种神秘的力量，因为谦虚、客气、涵养，他把自己的力量隐藏起来了。

44

在办公室里，我工作时，整个早上都注意力很不集中。打扫卫生的女人可能用了太多芬芳剂，办公室里有一股强烈的樱桃味，滚烫的暖气片让这种气味有些发酸刺鼻。我有几个小时都在回复德语信件，要不停地查字典，但我一点劲头也没有。忽然间，我听见一个男人的声音从接待顾客的大厅里传来。那声音很清楚传到了我耳朵里，冷冰冰的、充满怨恨，抗议说他掏了很多钱，但到了国外，却没享受到应有的服务。他的声音很清晰，我却觉得很遥远，就好像不是从几米远的地方传过来的，而是从我脑子里的某处传出来的：那是马里奥的声音。

我把办公室的门开了一半，向外面望去。我看到他坐在一张写字台前，背后是一张巴塞罗的彩色宣传画。他身旁是卡尔拉，她坐在马里奥身边，看起来很秀气，好像更成熟了一些，胖了一点，但没有变美。他们俩看起来像电视屏幕里的人物，像是一部肥皂剧里的知名演员，这部剧和我过去的生活相关。尤其是马里奥，看起来就像个陌生人，只是有些身体特征比较像我熟悉的一个人。他梳了个新发型，露出大额头，还有头发浓密的发际线和眉毛。他的脸瘦了很多，鼻子、嘴和颧骨的线条更加突兀，轮廓好像比我记忆中的好看了一些。他看起来年轻了十岁，他腰两边、胸口、肚子上的赘肉也不见了，看起来甚至高了一些。

我感到有一丝激动，眉头皱了起来，手上全是汗。让我惊异的是，那种激动的心情并不那么让人痛苦，就像一本书或一部电影让你难受，但那并不是生活本身。我用平静的声音对那个女职员（她是我朋友）说：

“这位先生和太太遇到了什么问题？”

马里奥和卡尔拉都忽然转过身子。卡尔拉甚至一下子站了起来，显然受到了惊吓。马里奥依然坐在那里，用手摸着鼻子，用食指和拇指捏着鼻梁，停了几秒，他在感到不安时总是会这样。我用一种愉快的语气说：

“我很高兴见到你们。”

我向他走去，卡尔拉很机械地伸出一只手，把他往自己身边拉，想要保护他。我丈夫有些犹豫地站了起来，很明显，他不知道等待他的是什么。我向他伸出了手，我们贴了一下脸。

“你们看起来状态不错。”我接着说。我也握了一下卡尔拉的手，但她没握紧我的手，只是向我伸过来几根手指，还有潮湿的掌心，感觉就像刚刚解冻的肉。

“你看起来也不错。”马里奥用忐忑的语气说。

“是的，”我骄傲地说，“我再也不痛苦了。”

“我想打电话给你，谈谈孩子的事。”

“电话号码没有变，还是以前那个。”

“我们也应该谈谈离婚的事。”

“什么时候都可以。”

他没有别的话可以说，只是把手放在了大衣口袋里，有些焦虑。后来他用故作轻松的语气问我有什么新闻。我回答说：

“没什么新闻。两个孩子应该已经告诉你了：我病了一场，奥托死了。”

“死了？”他惊异地问。

孩子真的很神秘。他们竟然没有告诉他奥托死了的事，也许不想让他难过，也许他们确信，以前生活的所有事，他都不会感兴趣。

“被毒死的。”我对他说。

“是谁毒死的？”他生气地问。

“你。”我心平气和地说。

“我？”

“是的。我发现，你是个特别没教养的人，对付那些没有教养的人，人们会使坏。”

他看着我，想要明白我们的友好气氛是不是正在发生变化，我是不是要对着他大吵大闹。我尽量用平和的语气让他放心。

“哦，当时也许只需要一个替罪羊。我躲过了，结果轮到了奥托。”

这时我的手做了一个不由自主的动作，帮他拂去了西装上的头皮屑，那是过去留下的习惯。他向后退去，几乎是跳了一下，我说很抱歉。卡尔拉介入了，仔细地完成了我刚才中断的事。

我们告别之前，他向我保证说会打电话给我，约一个时间见面。

“你想来也可以。”我向卡尔拉提议。

马里奥根本就没有用目光寻求她的意见，有些厌烦地说：

“不。”

45

两天之后，他带着大包小包很多礼物来了家里。詹尼和伊拉丽亚的反应出乎我的意料，他们只是很敷衍地向他打招呼，没有太多热情。很明显，每个周末见面，已经让他们觉得和父亲见面是习以为常的事。他们马上就开始拆礼物，他们对礼物很满意，马里奥想加入，和他们一起玩，但没获得许可。最后他在房间里转悠了一下，用指尖碰了碰一些物品，从窗口往外看。我问他：

“你要不要喝杯咖啡？”

他马上就接受了，跟着我来到了厨房。我们聊了一会儿孩子的事。我跟他说，两个孩子正在经历一段比较艰难的时刻，他们有些不知所措，如坠云雾。他向我保证说，跟他在一起时，两个孩子都很乖，很听话。后来他拿出了笔纸，做了个详细计划。他打算专门留出时间来陪他们，这样我就可以把时间花在自己身上。他说，只是每个周末见他们，这不对。

“我希望每个月给你转的钱够用。”他后来强调说。

“够了，”我说，“你很慷慨。”

“我来办离婚的手续，”我主动提出，“但假如我发现你把孩子甩给卡尔拉，去忙你的工作，根本顾不上管他们，你就再也见不到他们了。”

他有些忐忑，有些犹豫地看着眼前的纸。

“你不用担心，卡尔拉有很多优点。”

“我毫不怀疑，但我希望伊拉丽亚不要学得跟她一样，说话嗲声嗲气的。我不希望詹尼渴望把手放在她胸上，就像你一样。”

他把笔放在了桌子上，有些沮丧地说：

“我就知道，你根本没放下。”

我抿了抿嘴唇，重申说：

“我彻底放下了。”

他看着天花板、地板，我感觉到他很不开心。我的身体放松地靠在椅背上，我觉得他坐的那把椅子，背后没有空间，椅子像是粘在厨房的黄色墙壁上。我发现他嘴唇上保留着一丝笑容，那是我从来没有见过的。那个微笑很不错，让他看起来像一个知情识趣、讨人喜欢的男人。

“你对我有什么看法？”他问。

“没有任何看法。只是我听说的有些事，让我很惊异。”

“你听说什么了？”

“你是个机会主义者，很会见风使舵。”

他脸上的微笑消失了，冷冰冰地说：

“说这些话的人，不见得比我好多少。”

“他们是什么样的人，我不感兴趣。我只想知道你是什么样的人，你是不是一直都那样。”

我没有向他说明，我想彻底把他从我身上抹去，把他带给我的影响也彻底抹去。可能是因为某种偏见，我当时觉得，他什么都好，也可能是因为默许，以前没有看到那些。我没有告诉他，我要彻底从他的旋涡中出来：声音、说话、为人处世的方式、对世界的情感。我想做我自己——如果这样的说法还有意义——我至少想看到，把他排除出去之后，我还剩下什么。

他用一种假装出来的忧伤回答我说：

“我是什么样的，不是什么样的，我怎么知道？”

他虚弱地指了指奥托的碗，那只碗还放在冰箱旁的一个角落里。

“我想再送给孩子一条狗。”

我摇了摇头，奥托在家里走动，我听见它的脚步在地板上轻柔地响起，还有叮咚的声音。我把两只手放在一起搓了搓，很缓慢，就好像要抹去手掌上痛苦的气息。

“我无法接受替代品。”

那天晚上，马里奥离开之后，我又看了安娜·卡列尼娜自杀的那几页，我也翻了几页那本讲破碎的女人的书。我一边看一边觉得自己处于安全之中。我已经不再是那些文字里的女人，我并不觉得那些文字就像旋涡一样，会把我吞没。我意识到，我甚至埋葬了童年记忆里那不勒斯那个被抛弃的女人，我的心不再在她胸口跳动，和她相连的血脉已经断开。那个可怜的弃妇又成了一张老照片，变成石化的过去，没有任何血色。

46

两个孩子忽然间也开始变化。虽然他们相互抵触，总是会发生冲突，但已经不再针对我了。

“爸爸想给我们再买一条狗，但卡尔拉不愿意。”詹尼有一天晚上对我说。

“你到时候自己生活时，就可以买。”我安慰他说。

“你之前爱奥托吗？”他问我。

“不爱，”我回答说，“它活着的时候，我并不爱它。”

我平静地回答他们的问题，直接说出那些话，让我自己也很震惊。爸爸和卡尔拉会再生一个孩子吗？卡尔拉会离开爸爸再找个年轻的男人吗？你知道吗，她正在洗手间洗屁股，他会进去撒尿？我会对他们解释、分析，有时我甚至会笑起来。

我很快就养成了和马里奥见面的习惯。我给他打电话讲生活中遇到的麻烦，有时是抱怨还没收到他给我转的账。后来，我发现他的身体又一次发生了变化：他变得脸色黯淡，颧骨有些浮肿，他的腰、肚子、胸口又变得厚重。有时他会留胡子，有时胡子很长，有时他会仔细地把胡子剃干净。

有一天晚上，他没有事先通知就出现在家里，我觉得他有些抑郁，想聊天。

“有一件糟糕的事，我想告诉你。”他对我说。

“说吧。”

“我很讨厌詹尼，伊拉丽亚也让我受不了。”

“我有时候也有这种感觉。”

“只有他们不在跟前时，我才会好过一些。”

“是的，有时事情就是这样。”

“如果经常和他们在一起，我和卡尔拉的关系会毁掉。”

“有可能。”

“你好吗？”

“我很好。”

“你是不是真的不爱我了？”

“是的。”

“为什么？因为我对你说了谎？因为我离开了你？因为我伤害你了吗？”

“不是。当我发现你欺骗、抛弃、羞辱了我，是我最爱你的时候，我比以往任何时候都渴望和你在一起。”

“然后呢?”

“我不爱你了,因为你为了给自己找理由,你说你像落入了虚空,意义的虚空。你说的不是真的。”

“的确是那样。”

“不是。现在我知道什么是意义的空洞,如果不能回到地面会发生什么事。你没有,你并不知道。你顶多是看了一眼下面,你害怕了,你用卡尔拉的身体堵住了漏洞。”

他做了一个厌烦的表情,对我说:

“你应该多带孩子。卡尔拉现在很辛苦,她要参加考试,不能照顾孩子。你才是孩子的母亲。”

我仔细看着他,事情真的是这样,他身上没有任何东西可以让我产生兴趣。没有一点点过去的痕迹,那只是一片污迹,像是多年前留在墙壁上的指痕。

47

三天之后，我上完班回到家里，在门口的地垫上看到了一块厨房用的纸巾，上面放着一个特别细小的物品，我很难辨认出来是什么。那是卡拉诺的新礼物，我已经习惯他默默的关注：最近一段时间，他在地垫上放了我丢失的一粒扣子、一根我特别喜欢的发卡。我明白，这次是他最后的礼物：一个喷雾罐的白色按钮。

我坐在客厅里，家里空荡荡的，好像从来没有人住过，只是一些纸人偶住在里面，或者只放着从来没人穿过的衣服。我站起来去了储物间，寻找八月最可怕的那天的前一晚，奥托玩过的喷雾罐。我在上面找到了狗牙的痕迹，用手抚摸着咬过的痕迹，想把按钮安装在瓶子的上面。我感觉按钮装好了，用食指摁了下去，但没有喷雾出来，只是闻到一股杀虫剂的味道。

两个孩子在马里奥和卡尔拉那里，两天后会回来。我洗了个澡，仔细化好妆，穿上一件很适合我的裙子，去敲了卡拉诺的门。

我感觉他在猫眼里看我，看了很长时间。我想象，他试图让心跳平息下来，想抹去脸上因为我的拜访而浮现的激动表情。我想生活就是这样：一种按捺不住的喜悦，一阵剧烈的疼痛，一阵强烈的快感，血管在皮肤下猛烈地跳动，没有其他更真实的东西可以讲述。为了让他更激动，我表现得很不耐烦，又重新摁了一下门铃。

卡拉诺打开了门，他头发凌乱，衣冠不整，皮带没有系好。他用两只手把套头衫向下拉了拉，想盖住裤带。我看到他现在的样子，很难想象他会演奏出温柔热情的调子，给人一种和谐美妙的享受。

我提到了刚收到的礼物，也感谢了其他礼物。他客气了一下，并没有多说什么。他只是说，他在汽车后备箱里找到了那个按钮，他想那可能对于我整理心情有帮助。

“这个按钮应该在奥托的爪子中间，或毛皮里，甚至是在它嘴里。”他说。

我带着感激的心情想，在那几个月，他小心翼翼做了很多事，想在我周围营造一个友好、可信的世界。现在他做出了最感人的举动，他想让我知道，没什么可以惊恐的，每个时刻都可以讲述出来，包括好的和坏的意图。总之，时间与空间紧密坚固地联系在一起，是一切恢复的时候了。通过那个礼物，他想为自己开脱，也为我开脱，把奥托的死亡归因于它夜里偶然的游戏。

我决定顺着他的意思来。他在一个忧郁黯淡的男人和一个出色的乐手之间游移，他可以演奏出明媚的声音，让人心潮澎湃，让你感觉自己过着充盈的生活。我觉得，他是我那时需要的男人。我自然怀疑，那个按钮真的属于我的杀虫剂，他真是在汽车后备箱里找到的。然而，他把按钮送给我的意图让我觉得很愉快，像是一块毛玻璃后的诱人影子。

我对着他微笑了一下，靠近他的嘴唇，亲吻了他。

“那天真的很糟糕吗？”他很尴尬地问我。

“是的。”

“那天夜里，你怎么了？”

“我产生了过激反应，打破了事情的表面。”

“然后呢？”

“我掉了下去。”

“你掉在了哪里？”

“不在任何地方。没有深度，没有悬崖。什么也没有。”

他拥抱了我，一句话也没有说，紧紧拥抱了我一会儿。他想传递给我一种他所擅长的沉默，他神秘的天分会让感觉强化，他会催生充实、愉快的感觉。我假装相信他，因此我们会相爱很长时间，在以后的岁月和日子里，我们会安静地相爱。

关于作者

埃莱娜·费兰特著有小说《烦人的爱》，导演马里奥·马尔托内根据这部小说拍了一部同名电影。她的第二部小说是《被遗弃的日子》，由导演罗伯特·法恩扎拍成电影。在访谈集《碎片》中，她讲述了自己的写作生涯。2006年e/o出版社出版了她的小说《暗处的女儿》，2007年出版了儿童读物《夜晚的海滩》；2011年出版了“那不勒斯四部曲”第一部《我的天才女友》，2012年出版了《新名字的故事》，2013年出版了《离开的，留下的》，2014年出版了最后一部《失踪的孩子》。